AF311575

SUCCESSION

ABEL VAUTIER,

Député au Corps législatif.

CATALOGUE GÉNÉRAL.

CAEN,

TYPOGRAPHIE DE DOMIN.

—

1863.

ORDRE DES MATIÈRES

DU PRÉSENT CATALOGUE

et jours de vente.

CHAPITRE I.   Tableaux, meubles précieux anciens, porcelaines rares, vases étrusques, majoliques, vitraux, émaux, curiosités et objets d'art.
Les 3, 4, 5, 6 et 7 novembre.

CHAPITRE II.   Collections d'histoire naturelle, de fossiles et de minéralogie.
Les 9, 10, 11, 12, 13 et 14 novembre.

CHAPITRE III.   Bibliothèque et livres rares.
Les 16, 17, 18, 19, 20 et 21 novembre.

CHAPITRE IV.   Collections de gravures et albums.
Les 23, 24, 25 et 26 novembre.

CHAPITRE V.   Collection des médailles.
Les 27, 28, 29 et 30 novembre.

S'ADRESSER, pour les catalogues et renseignements :

A CAEN, à M. MAINFROY, Commissaire-Priseur, rue des Carmélites ;

Et à M. MUTEL, liquidateur de la maison Vautier frères, rue St-Jean, hôtel Maillard, ou place St-Sauveur, 25 ;

A PARIS, à M. BARRE, rue de la Boule-Rouge, n° 7.

CATALOGUE

GÉNÉRAL & COMPLET :

1° Des tableaux, meubles précieux anciens, porcelaines rares, vases étrusques, majoliques, vitraux, émaux, curiosités et objets d'art ;

2° Des collections d'histoire naturelle, de fossiles et de minéralogie ;

3° De la bibliothèque et des livres rares ;

4° Des collections de gravures et albums ;

5° De la collection des médailles

DONT LA VENTE AURA LIEU

A CAEN

Impasse & hôtel de Than

Le MARDI 3 NOVEMBRE 1863, et jours suivants,
à midi précis,

Par le ministère de Mᵉ MAINFROY,

Commissaire-Priseur à Caen, assisté pour les tableaux, curiosités
et objets d'art, de M. **BARRE**, de Paris.

EXPOSITION PUBLIQUE A L'HOTEL DE THAN, A CAEN,

Les dimanche 1ᵉʳ et lundi 2 novembre 1863, de midi à quatre heures du soir.

ORDRE DES MATIÈRES

DU PRÉSENT CATALOGUE

et jours de vente.

S'ADRESSER, pour les catalogues et renseignements :

A CAEN, à M. MAINFROY, Commissaire-Priseur, rue des Carmélites ;

Et à M. MUTEL, liquidateur de la maison Vautier frères, rue St-Jean, hôtel Maillard, ou place St-Sauveur, 25 ;

A PARIS, à M. BARRE, rue de la Boule-Rouge, n° 7.

On lit dans le journal *Le Moniteur du Calvados*, numéro du 24 août dernier, la lettre suivante, adressée au Directeur du journal par M. C. Hippeau, professeur à la Faculté des Lettres de Caen, secrétaire de la Société des Beaux-Arts :

« Monsieur le Directeur,

« Au moment où l'on annonce la mise en vente des précieuses collections qui font partie de la succession du regrettable M. Abel Vautier, permettez au secrétaire de la Société des Beaux-Arts de donner un souvenir sympathique à un collègue aimé, et d'exprimer les regrets que ne peut manquer de faire naître la dispersion des œuvres si diverses qu'avait réunies sa patience active et intelligente.

» Il n'a pas fallu moins de trente ans à notre honorable concitoyen pour acquérir, au prix de pénibles recherches et de sacrifices considérables, ces tableaux, dont plusieurs sont signés des noms des plus illustres maîtres, ces belles éditions, ces médailles, ces manuscrits, ces gravures, ces admirables échantillons d'histoire naturelle, ces magnifiques porcelaines de Chine, du Japon et de Sèvres, ces mille curiosités enfin qui, déjà précieuses par elles-mêmes, acquièrent par leur ensemble une valeur inestimable !

» Epris de tout ce qui est beau, profitant de toutes les circonstances, saisissant avec habileté les hasards que ne rencontrent pas toujours les plus heureux collectionneurs, M. Vautier était parvenu à remplir les salons qui occupent la plus grande partie d'un de nos vieux hôtels historiques de cette foule de richesses devenues un des ornements de la ville de Caen. Les étrangers s'empressaient de s'y faire conduire. M. Vautier, ayant autant de bonhomie, mais un sentiment du beau plus réel et plus élevé que le vénérable P.-A. Lair, était fier d'avoir fondé un musée dont la célébrité rejaillissait sur sa ville natale.

» L'ensemble de tous ces objets présentait un aspect singulier, mais saisissant : on se croyait introduit dans une de ces antiques demeures où les riches armateurs de Gênes ou de Venise accumulaient les tableaux, les objets d'art et les curiosités de tout genre, qu'ils rapportaient des lieux où abordaient leurs navires.

» On ne peut songer sans tristesse à la dispersion prochaine de tant de trésors laborieusement amassés. Ces beaux et élégants salons, aux vitraux gothiques, aux riches boiseries, aux plafonds étincelants d'or, d'argent et d'azur, ces chambres ornées de leurs lits sculptés et de leurs bahuts d'ébène incrustés d'ivoire, que leurs propriétaires montraient avec tant de grâce aux habitants de la ville et aux visiteurs étrangers, s'ouvriront bientôt pour recevoir des curieux d'un autre genre, accourus, non pour admirer, mais pour acquérir, se passionnant pour leur propre compte, ou spéculant sur la passion des autres.

» Déjà, il y a quelques jours, un de ces heureux amateurs pour lesquels toutes les acquisitions sont faciles, M. le duc de Morny, visitant ces magnifiques galeries, désignait d'avance les œuvres dont il désirait orner ses salons.

» Je viens de revoir pour la dernière fois peut-être, Monsieur le Directeur, toutes ces belles choses, que de nouveaux acquéreurs emporteront, dans quelques semaines, aux quatre points de l'horizon. Je n'ai pu m'empêcher de songer avec une vive émotion et un grand serrement de cœur à l'homme obligeant qui nous en faisait encore les honneurs il y a six mois à peine, et à la femme excellente et gracieuse qui n'a pu survivre à l'époux dont elle partageait les nobles sentiments et les goûts distingués. Et puis je me suis dit avec non moins de tristesse : « Pourquoi ne se trouve-t-il pas à Caen un de ces rares privi-

» légiés de la fortune qui disputerait aux acheteurs étrangers
» la possession de tant de trésors ? Pourquoi la Ville elle-même
» n'essaierait-elle pas de conserver des collections dont elle
» connaît tout le prix ?

» Certes, si à toutes les merveilleuses toiles que possède son
» Musée et aux quarante tableaux que lui a légués la baronne
» de Montaran elle pouvait ajouter les chefs-d'œuvre réunis
» par M et Mme Vautier; si, dans les superbes bâtiments qui
» se groupent autour de son Hôtel-de-Ville, à côté de son
» Musée de tableaux et de sa Bibliothèque qu'elle enrichirait
» de raretés bibliographiques et de près de trente mille gra-
» vures, elle créait un musée du Sommerard (les éléments lui
» en seraient fournis par les belles collections qui vont être
» mises en vente), aucune ville de province ne pourrait se
» flatter de posséder rien qui approchât de ses richesses ar-
» tistiques ! »

» Je finis, Monsieur le Directeur, par l'expression de ce vœu,
irréalisable sans doute, mais irrésistiblement échappé du cœur
d'un homme accoutumé à ne demeurer indifférent à rien de ce
qui peut rehausser l'importance artistique de la ville de Caen.

» Je vous prie d'agréer, Monsieur le Directeur, l'assurance
de mes sentiments les plus distingués.

» C. HIPPEAU. »

CHAPITRE I.

TABLEAUX, MEUBLES PRÉCIEUX ANCIENS, PORCELAINES
RARES, VASES ÉTRUSQUES, MAJOLIQUES, VITRAUX,
ÉMAUX, CURIOSITÉS ET OBJETS D'ART.

CÉRAMIQUE.

Porcelaines du Japon.

1. Environ 200 assiettes de différents dessins, bleu, rouge
   et or.
2. Environ 40 compotiers et petits plats de différents dessins.
3. 2 petits plats, décors à personnages.
4. 3 beaux plats, ornements de fleurs, bleu, rouge et or.
   (Diamètre, 47 cent.)
5. 2 grands plats, très-riches décors, gros bleu, rouge et
   or. (Diamètre, 60 cent.)
6.
7.
8. Un coq et une poule.
9. 2 potiches, décors de fleurs.
10. 2 potiches porcelaine à reliefs, décors de fleurs et d'oi-
    seaux, garnies de leurs couvercles ornés de statuettes,
    avec riche monture à dauphin en bronze doré.
    > Ces vases de 78 cent. de hauteur, sont d'une très-grande
    > beauté.
11. 1 cornet porcelaine à reliefs, mêmes décors que le nu-
    méro précédent.

12. 1 belle garniture composée de trois potiches, avec couvercles ornés de statuettes, et deux cornets ornements, avec cartouches de fleurs.
13. 2 potiches à couvercles, oruements rouges et blens.
14. 1 potiche à côtes fond bleu, cartouches rouge et or.
15. 1 très-belle soupière avec plateau, décors bleu, ornée d'une monture et d'un bouton en argent.
16. 4 grands plats à décors de fleurs, bleu, rouge et or.
17. 12 plats et compotiers, décors de fleurs, rouge, bleu et or.
18. 6 tasses à chocolat, décors bleu et or.
19. Cannette et sucrier, montés en bronze doré.
20. 2 bols, décors de fleurs, rouge, bleu et or.
21. Bol, bleu et or.
22. 4 statuettes.
23. 4 autres statuettes plus petites.

Porcelaines de Chine.

24. 2 soupières avec couvercles, décors de fleurs.
25. Environ 125 assiettes de différents dessins.
26. 1 très-beau plat, décors à corbeille de fleurs.
27. 1 plat, décors de figures sur fond blanc.
28. 4 plats, dont 3 ornés de fleurs et d'insectes ; le quatrième, de pagodes.
29.
30.
31. 2 plats polygonaux, dessins d'oiseaux et de fleurs, décors vert et rouge.
32. 2 vases, fond bleu, dessins en or.
33. 2 petites potiches, 2 cornets, fond chocolat, avec cartouches de fleurs.

34. 1 petit bol, monture en bronze doré, ornée de fleurs de Saxe.
35. 1 cassolette en porcelaine blanche niellée, montée en bronze doré.

Porcelaines de l'Inde.

36. 1 plat, décors à fleurs.
37. 1 plat octogone, décors à fleurs.

Porcelaines de Sèvres.

38. 1 seau, fond blanc, pate tendre, décors de fleurs.
39.
40. 2 cadres, contenant deux bouquets de fleurs en biscuit, de la plus grande finesse, parfaitement conservés.

Porcelaines de Saxe.

41. 1 très-belle soupière avec plateau, couvercle orné de bouton et de feuilles en relief, décors de fleurs très-bien conservées.
42. 12 pièces, compotiers, plateaux, assiettes, fond blanc gauffré, décors de fleurs.
43. 9 tasses, fond blanc gauffré, décors de fleurs.
44. 1 corbeille triangulaire à jour, décors de fleurs.
45. 3 cuillers, décors de fleurs en camaïeu rouge.
46. 1 vase de nuit, décors de fleurs.

47. 1 vase, char d'Amphitrite (porcelaine allemande moderne).
48. 1 groupe en porcelaine allemande, représentant des
amours autour de la boule du monde.
49. 12 groupes en biscuit, porcelaines allemandes et faïences.
50. 13 groupes en biscuit, et porcelaines diverses.
51. Une grande quantité d'échantillons de porcelaines de
diverses fabriques, tant assiettes que sucriers et autres.

Verres de Bohême.

52. 7 verres gravés de diverses formes avec leurs couvercles.
53. 8 verres avec pieds et couvercles gravés.
54. 2 grands gobelets gravés, ornements de fleurs.
55. Environ 60 verres à boire de différentes formes et
dessins.
56.
57. Bouteille à quatre compartiments gravés, monture en
argent.

Verres de Venise.

58. 2 bouteilles rouge et bleu à filets blancs.
59. 1 bouteile à côte, dessins blancs émaillés.
60. 3 petites pièces à filets blancs.
61. 1 vase à anses.
62. 1 verre forme de chapeau bord relevé.
63. 1 verre formant trident.
64. 1 Cornet trompette.

Verres allemands.

65. 1 verre orné d'armoiries de princes allemands, peintes irès-finement ; lesdites armoiries formant les ailes déployées d'un aigle à deux têtes.
66. 1 gobelet avec portrait de prince allemand et armoieries.
67. 1 verre à couvercle avec armoiries.

Etrusques.

68. 1 très-beau vase de forme élégante, décors de personnages sur socle en marbre vert de mer.
69. 1 vase très-riche, sujet de guerriers.
70. 1 grande et belle coupe à deux anses, sujet de guerriers.
71. 1 coupe à deux anses, sujet mythologique.
72. 1 coupe à deux anses, sujet de guerriers.
73. 2 coupes à deux anses représentant des danses.
74. 2 grandes coupes à deux anses représentant des bacchanales.
75. 2 coupes plus petites à deux anses, à figures.
76. 2 coupes, sujets à figure.
77. 1 vase à anse, sujet Vénus et l'amour.
78. 10 petits vases de différentes formes.
79. 1 tasse.
80. 1 lot de poterie étrusque.

Faïences.

---

81. 1 grand plat très-riche, époque de Palissy, Daniel dans la fosse anx lions.
82. 1 plat de Palissy, les vendanges.
83. 2 plats de Palissy, Cérès.
84. 1 plat de Palissy, ornements de fleurs et mascarons.
85. 1 plat de Palissy, ornements à jour, têies d'anges et fleurs.
86. 1 plat de Palissy, la délivrance d'Andromède.
87. 1 plat de Palissy, la chaste Suzanne.
88. 2 petits plats de Palissy, la fuite en Egypte, et le sacrifice d'Abraham.
89. 1 couleuvre de Palissy.
90. 1 statuette de Palissy, sainte tenant un livre à la main.
91. 1 statuette de Palissy, la nourrice.
92. 2 plats époque de Palissy, avec décors en relief.
93. 1 tonneau à deux anses, école de Palissy.
94. 1 vase à anse orné de figures, genre de Palissy.
95. 3 pièces (animaux), genre de Palissy.
96. 1 vidrecome, ornement à relief, époque de Henri IV, suite de Palissy.
97. 1 vase orné de fruits et oiseaux en relief, école de Palissy.
98. 2 plats en faënza, paysages avec armoieries.
99. 1 plat en faënza, ruines et personnages.
100. 7 assiettes et coupes ornées de figures en faënza.
101. 3 plaques en faënza, forme carrée, sujets tirés de l'Histoire-Sainte.

102. 2 plaques en faënza, forme ronde, Diogène et Alexandre.
103. 3 plats en faënza, à ornements et figures à reflet.
104. 1 plat en faënza, décors à reflets métalliques.
105. 1 plat en faënza, décors de poisson à reflets métalliques.
106. 1 plat hispano-arabe à reflets métalliques.
107. 4 vases en terre d'Afrique et du Mexique.
108. 1 assiette, décors de fleurs, faïence de Perse.
109. 1 vase, ornement à relief, faïence d'Avignon.
110. 1 pot à eau, plateau et couvercle, décors dorés, en faïence d'Avignon.
111. 1 vase, ornements à jour, en faïence d'Avignon.
112. 1 vidrecome, ornement à relief, en faïence d'Avignon.
113.
114. 1 pot représentant des jeux d'amours, en faïence de Nevers.
115. 1 vase avec plateau et couvercle en forme de poisson, en faïence de Nevers.
116. 1 grande bouteille forme orientale, ornée de dessins bleus, en faïence française.
117. 4 plaques en faïences de Delft et de Rouen.
118. 1 fontaine à fleurs et figures, en faïence de Rouen.
119. 1 fontaine à fleurs, en faïence de Rouen.
120. 3 plats à la corne, en faïence de Rouen.
121. 3 assiettes à la corne, en faïence de Rouen.
122. 4 grands plats à décors bleu, en faïence de Rouen.
123. 1 vase en faïence verte, à quatre anses, ornements à jour avec écusson fleurdelysé.
124. 3 vases en faïence bleue sur socles en bois.
125. 1 plat en faïence de Moustiers, ornements d'après Berain.
126. Vases en faïence, ornements en relief de différentes couleurs.

2

127. 2 pièces avec plateau, décors à jour, en faïence blanche.

128. Corbeille, plateau et couvercle, décors à jour, en faïence blanche.

129. 3 jardinières en faïence française, ornements de fleurs et d'oiseaux.

130. 1 jardinière en faïence française, décors de figures, en camaïeu rose.

131. 3 statuettes en faïence blanche ancienne, prisonniers enchaînés.

132. 3 pièces en faïence ancienne française, canard et choux

133. Une grande quantité d'assiettes et plats en faïences de Rouen, Strasbourg et autres.

134. Buires en grès de Flandre avec armoieries.

135. 6 panneaux de carreaux de faïence et briques vernies à armoieries.

136. 4 plaques d'échantillons de carreaux en faïence italienne.

Terres cuites.

137. Chapiteau de style corinthien.

138.

139. Un très-beau groupe à trois personnages, sujet mythologique, époque Louis XVI.

140. 1 buste de petite fille.

141. 2 statuettes étrusques.

Bijoux.

142. 3 montres en argent, ornements percés à jour, époque de Louis XIV.

143. 4 châtelaines Louis XV et Louis XVI.

Instruments de musique.

144. Une harpe en bois sculpté et doré, ornements de figures et de fleurs en vernis Martin, époque Louis XVI.
145. Un luth.

Armes.

146. Un lot de haches celtiques.
147. 4 hallebardes en fer percées à jour.
148. 6 hallebardes en cuivre et fer biselé représentant divers personnages et animaux, dont une dorée et fleurdelysée.
149. Une épée avec poignée percée à jour et ornements en fer ciselé et argenté.
150. Un yatagan avec poignée et fourreau à ornements en argent doré.
151. Un fusil orné d'incrustations de nacre et d'ivoire, de l'époque de Louis XIII.
152. Un pistolet orné d'incrustations de nacre et divoire, de l'époqne de Louis XIII.

Ivoires.

153. Un très-beau Christ, hauteur 57 cent.
154. Une Vierge avec l'Enfant Jésus, hauteur 45 cent.
155. Une Vierge et l'Enfant Jésus, époque Louis XIV.
156. Un triptique, sujet religieux.

157. Une belle réduction de la Vénus de Médicis, hauteur
40 cent.
158. Statuette de femme nue, sujet anatomique.
159. Un oliphant, dont l'extrémité se termine par une tête
de crocodile tenant une tête d'homme, long. 70 cent.
160. 2 médaillons découpés.
161. 2 morceaux d'ivoire, ornements percés à jour.
162. 1 vidercome, jeux d'amours.
163. 2 têtes de mort.
164. 2 râpes à tabac, époque de Louis XIV.

Bronzes.

165.
166. Un groupe de Lechesne, artiste caennais, motif de
chasse, hauteur 45 cent.
167. 2 statuettes chinoises (divinités), très-finement ciselées.
168. 2 personnages chinois.
169. 1 personnage chinois sur un taureau.
170. 1 flambeau à personnage.

Meubles et Bois sculptés.

171. Une bibliothèque vitrée en marqueterie de Boule,
époque Louis XIV.
172. Un très-grand et riche cabinet en ébène, époque
Louis XIII.
Ce meuble repose sur six colonnes torses, richement
sculptées. Les vantaux sont décorés de sculptures de la

plus grande finesse, représentant des sujets mythologi-
ques, les éléments et les saisons. L'intérieur avec tiroirs
finement sculptés et gravés et orné de peintures et de
statuettes (sans aucune restauration) ; c'est un des plus
beaux meubles que l'on puisse voir dans ce genre.

173. Un bahut sculpté, avec bas-relief, sujet mythologique,
orné de six cariatides, ornements très-riches, XVIe
siècle. Il est disposé à l'intérieur pour recevoir des
cartons de gravures.

174. Un bahut avec cariatides et ornements de mascarons,
XVIe siècle.

175. Un autre, même époque, sujet le sacrifice d'Abraham,
avec riche ornementation.

176. Un autre, orné de cinq figures, la Vierge et les quatre
Evangélistes, ornements gothiques.

177. Un lit en chêne sculpté, très-riche et très-finement travaillé, XVIe au XVIIe siècle.

> Les quatre coins, formés par quatre cariatides, suppor-
> tent des figurines représentant les saisoes et se relient à
> l'ensemble par des ornements de la plus belle exécution.
> Le dossier et les bas-côtés représentent des sujets my-
> thologiques.

178. Plusieurs tables à pieds tors, richement sculptées.

179. Un meuble à hauteur d'appui en laque du Japon bur-
gauté, à personnages et oiseaux.

180. Un cabinet italien en ébène incrusté d'ivoire, sujet à
personnages et ornements de la plus grande finesse.

181. Une riche commode en marqueterie de Boule, cuivre
sur émaille, époque Louis XIV.

182. Un très-joli meuble Louis XIII, garni de bronzes dorés,
avec panneaux et tiroirs richement incrustés d'étain.

183. Un beau bureau Louis XIII, à pieds tors, orné de tiroirs ; le tout décoré de fleurs, incrustation de bois
de différentes couleurs.

184. Un meuble à hauteur d'appui en bois violet, avec incrustations de cuivre.

185. Une table de nuit en bois des îles, dessus en brèche d'Alep.

186. Une console en bois sculpté, style Louis XVI.

186 *bis*. Un meuble, style gothique avec fronton, sujet de sainteté.

187. Un paravent de six feuilles, en laque de Chine, à personnages et ornements.

188. Un plateau en laque du Japon.

189. Quatre fauteuils en chêne, recouverts en tapisseries, au petit point, époque Louis XIV.

190. Un fauteuil sculpté, fond canné, époque Louis XIII.

191. Une chaise sculptée, fond canné, époque Louis XIII.

192. Deux chaises-escabeau en bois sculpté, style Louis XIII.

193. Lambris sculptés, à hauteur d'appui.

194. Huit panneaux de porte en bois sculpté, avec cariatides, colonnes torses et fronton.

195. Ornements de porte, avec colonnes torses et cariatides.

196. Porte en chêne sculptée à jour, ornements, style gothique, avec fronton à armoieries, cariatides, colonnes torses, ornée de bas-reliefs très-fins.

197. Un fronton de porte sculpté, avec bas-reliefs à figures, cariatides et colonnes torses.

198. Une porte à deux battants, à panneaux sculptés, avec fronton et riche battement à figures et ornements. Des deux côtés de la porte sont des cariatides qui supportent des colonnes torses ; le tout est entouré de deux anges aux ailes déployées en haut-relief. De l'autre côté sont des personnages peints, sujets de sainteté.

199. Fronton de porte, avec colonnes torses.

200. Huit panneaux, ornements de mascarons et figures, riche fronton avec relief d'ornements, colonnes torses des deux côtés embrasure sculptée avec fleurs et figures.

201. Deux lambris à hauteur d'appui, style gothique à ogives.

202. Un lambris à hauteur d'appui, à personnages.

203. Un lambris à hauteur d'appui, avec figures et ornements sculptés.

204. Deux encadrements de porte, colonnes torses soutenues par des cariatides.

205. Un devant d'armoire vitrée, fronton et soubassement en chêne, richement sculptés.

206. Une porte en bois sculpté, ornements à jour composés de balustres, d'un très-grand style.

207. Une cheminée en chêne sculpté, ornements de figures et de fruits. Le devant de la cheminée représente un sujet religieux.

208.

209. Une pendule en marqueterie de Boule, époque Louis XIV.

210.

211. Un cartel en bronze doré, style rocaille.

212. Deux chenets en bronze doré, style Louis XIII.

213.
214. } Deux chenets en bronze doré, style rocaille avec animaux.

215.
216. } Deux flambeaux bronze doré, style Louis XV.

217.
218. } Deux flambeaux en bronze doré, style rocaille.

219. Deux bras à deux lumières en bronze doré, style rocaille.

220. Deux autres à trois lumières, même style, très-riches et très-finement ciselés.

221. Deux autres à deux lumières, même style.

222.
223. Deux autres, même style.

224. Une glace bizautée à ornements, époque Louis XIII.

225. Une petite glace dans son cadre doré, style Louis XV.

226. Quatre consoles en bois sculpté et doré.

227. Trois petites consoles en bois sculpté et doré, époque Louis XIV.

228. Deux riches consoles en bois sculpté et doré, époque Louis XIV.

229. Quatre consoles en bois sculpté et doré.

230. Deux consoles en bois sculpté et doré, style Louis XIV italien.

231. Deux têtes d'anges formant console, en bois sculpté et doré.

232. Bas-relief en argent repoussé dans sa bordure en écaille.

233. Bas-relief en argent. J.-C. à la montagne des Oliviers.

234. Bas-relief en albâtre. Sujet tiré de l'histoire ancienne.

235. Trois bas-reliefs en albâtre. Sujets de sainteté.

236. Bas-relief en pierre. Sujet d'histoire romaine.

237. Trois bas-reliefs en pierre, provenant du palais de Ninive, grands-prêtres.

238. Bas-relief avec bordure en bois sculpté. J.-C. guérissant les malades.

239. Même sujet.

240. Deux bas-reliefs en bois. Saint Georgos terrassant le dragon.

241. Trois bas-reliefs en bois. Sujets de sainteté, XVe siècle.

242. Bas-relief en bois. Naissance de Jésus.

243. Bas-relief en bois. Mort du Christ, époque gothique.

244. Tête en marbre blanc, d'après l'antique.
245. Deux médaillons en marbre blanc, dans leurs bordures.
     Empereurs romains.
246. Une statuette en albâtre. Esculape.
247. Deux vases en albâtre sculpté, époque Louis XVI.
248. Un groupe en bois sculpté. Mort de Jésus, école go-
     thique.
249. Quatre statuettes en bois. Diverses divinités.
250. Une statuette en bois sculpté et doré. Saint Sébastien.
251. Une statuette d'ange en bois sculpté et doré.
252. Plusieurs statuettes chinoises en pierre de Lare.
253. Quatre très-jolies salières en argent, têtes de béliers
     avec guirlandes, très-finement ciselées.
254. Moutardier en argent, décors d'amours avec écusson.
255. Deux vases en cuivre argenté, forme de casque.
256. Deux seaux en tôle laquée, ornements de pagodes.
257. Bénitier en bois sculpté, époque Louis XIII, avec pein-
     ture dans un médaillon.
258. Médaillon en bois sculpté et doré, sujet de sainteté.
259. Un Christ en poirier sculpté, dans sa bordure Louis XIV.
260. Une croix en cuivre, époque Louis XIII.
261. Un bâton de crosse en bois sculpté.
262. Uu collier chinois en graines et pate de verre.
263. Un flacon chinois en verre taillé.
264. Un combat de coqs en argent doré et perle; socle en
     lapis Lazuli.
265. Trois lanternes algériennes.
266. Deux coffrets en fer travaillé à jour, époque du XVIᵉ
     siècle.
267. Coffret en marqueterie de nacre et cuivre, époque
     Louis XIII.
268.| Deux coffrets en marqueterie de Boule, époque
269.| Louis XIV.

270. Coffret en cuir bordé de cuivre, époque Louis XIII.

Vitraux.

271. Huit panneaux de vitraux anciens, sujets de sainteté et
ornements.
272.   *d°*   sujets de figures et oiseaux.
273.   *d°*   sujets de figures, ornements et armoieries.
274.   *d°*   mêmes sujets.
275.   *d°*   sujets de sainteté, époque de Louis XIII.

Guipures.

276. Un grand rideau de fenêtre.
277.
278. Trois beaux morceaux de grande dimension.

Antiquités.

279. Deux vases trépied à anses en bronze.
280. Un mortier en bronze italien, sujet de bacchanale.
281. Une statuette japonaise en argent.
282. Une tête de fer ciselé ayant servi de pommeau d'épée.
283. Une clef en bronze doré finement ciselé avec écusson,
style Louis XIV.
284. Une clef en fer très-finement ciselé, époque de Louis
XIII.

285. Deux autres clefs en fer ciselé.
286. Une amulette égyptienne sur socle en agathe, ornée de pierres de couleurs diverses.
287. Un lot d'antiquités. divinités, amulettes, scarabées, etc., d'origine égyptienne.

Emaux.

288. Une coupe de Laudin, à gaudrons ornés de figures et fleurs.
289. Deux plaques, époque barbare, Christ en croix et ensevelissement du Christ.
290. Une plaque de Limoges, XVe siècle, Jésus-Christ entre les deux larrons.
291. Deux plaques, Jésus et la Vierge.
292. Une plaque de Jean Limousin, saint Ambroise.
293. Une autre du XVIe siècle, dans une bordure sculptée, Orphée charmant les animaux.
294. Une autre, sujet mythologique.
295. Une autre de Jean Limousin, le Baptême.
296. Une autre du même, l'Annonciation.
297. Deux plaques de Laudin, saint Grégoire et l'Ange-Gardien.
298. Trois plaques de Nouaillier, sujets de sainteté.
299. Une plaque du XVe siècle, Jésus et les saintes femmes.
300. Plusieurs boîtes en émail de Saxe.
301. Une custode émaillée, du XIVe siècle.
302. Deux croix émaillées, avec Christ, style bysantin.

Tableaux.

Ecole greco-russe.

303. La Vierge et l'Enfant Jésus, figures noires.

Ecole gothique.

306. Sommeil de l'Enfant Jésus.
307. Vierge et Enfant Jésus.
308. Christ et évêque.
309. La présentation au peuple.
310. Jésus et saint Jean.
311. La Sainte Famille, tableau d'une exécution très-fine.
312. La Vierge embrassant la tête du Christ.
313. Philosophe écrivant.
314. La Vierge, l'Enfant Jésus et sainte Anne.
315. La Circoncision.
316. Un saint écrivant, signé, daté 1519.

Ecole gothique flamande.

317. Un saint tenant des palmes à la main.
318. La Descente de Croix.
319. Une Sainte Famille, tableau d'une grande finesse d'exécution.
320. Une Descente de Croix.

Ecole flamande.

321. Teniers le père. Kermesse, avec grand nombre de personnages.

323. Teniers (David). Pêcheurs, esquisse.

325. Breughel. Fleurs dans un vase.

326. Breughel et Van Balen. Guirlande de fleurs et fruits soutenue par des Amours ; ce tableau est dans une riche bordure avec Amours en bois sculpté.

327. Bonaventure Peters. Naufrage.

328 à 332. Drogsloot. Les cinq sens, suite de cinq tableaux en parfait état de conservation (bordure sculptée).

333. Bartholomi Bremberg. Ruines avec personnages.

334. Paul Brill. Chasse au cerf.

336. Lucas de Leyde (genre de). Musiciens.

337. Rubens (attribué à). Hérodiade.

339. Ecole flamande. Moine en prières.

341.   Id.   L'Adoration des Mages.

342.   Id.   La Prière (grisaille).

343.   Id.   La Vierge et l'Enfant Jésus.

345. Rembrandt (genre de). Tête d'homme.

Ecole hollandaise.

347. Rembrandt (attribué à). Tête de vieillard, dans sa bordure en ébène.

348.   Id.   (d'après). Portrait d'une femme coiffée d'nne toque.

349.   Id.   (d'après). Tête de jeune homme.

350.   Id.   (Ecole de). Adoration des Bergers.

352. Vender Helst. Portrait d'homme en pied dans un paysage.

353. Van Stry. L'Abreuvoir, effet de soleil couchant.

354. Eglon Van der Ner. Dame hollandaise dans un intérieur.

355. Van der Ner. Vue d'un village de Hollande, effet d'automne, signé Adrien Van der Ner.

357. Decker. Paysage avec rivière, environs de Groningue.

358. Govaert Flinck. Portrait d'homme, costume oriental.

360. G. Kalf. Intérieur hollandais ; divers ustensiles de cui-
sine sont posés sur une table.

362. Peter Neef. Intérieur d'église.

364. Casquel. Port de mer, orné de figures d'une grande finesse d'exécution.

365. Michaud. Le Départ pour la chasse, paysage orné de
figures.

366. Kobbel. Animaux au pâturage.

367. Bol (signé, en date 1585). Deux paysages, ornés de
figures et d'animaux, d'une grande finesse d'exécution.

368. Van Goyen (attribué à). Paysage avec cours d'eau, orné
de figures et d'animaux.

369. Jordaens (attribué à). Le Mangeur de moules.

372. Ruisdael (attribué à). Paysage avec cours d'eau, orné
de figures.

375. Berghem (esquisse de). Marche de troupeau.

377. Mieris (d'après). L'Enfant aux bulles de savon.

379. Ecole hollandaise. Effet de neige avec patineurs, signé
D. R.

380.	Id.	Paysage, orné de figures et d'animaux.
381.	Id.	Paysage avec cours d'eau.
382.	Id.	Le Moulin à eau.
383.	Id.	Paysage avec rochers et personnages.
384.	Id.	Guerrier, costume Louis XIV.
385.	Id.	Etude de lions.
386.	Id.	Marine. Tempête.
387.	Id.	Portrait de dame Louis XIII.
388.	Id.	Portrait d'un homme de qualité.
389.	Id.	Portrait de seigneur à collerette.
392.	Id.	Paysage avec cours d'eau orné de fi-gures.

394. École hollandaise. Vaches au repos.
395.   Id.   Paysage avec figures, intérieur de cour.
396.   Id.   Une Kermesse.
397.   Id.   Paysage avec sujet de chasseurs.
398.   Id.   Portrait de dame à collerette.
399.   Id.   Paysage avec figures.
400.   Id.   Marine, mer agitée.
401.   Id.   Paysages avec cours d'eau, figures et animaux.
402.   Id.   Paysage, orné de figures.
403.   Id.   Marine avec personnages.

Ecole allemande.

404. Triptique représentant la mort du Christ.
405. Denner (genre de). Portrait de vieillard, dans sa bordure en ébène.
406. Id. (genre de). Portrait de vieille femme, dans sa bordure en ébène.
407. Id. (genre de). Tête de vieillard.
408. Id. (genre de). Vieille femme couverte de fourrures.
409 et suiv. } Dix-huits petits portraits.
416. Portrait de dame en costume du XVIᵉ siècle.

Ecole italienne.

417. Sasso Ferrato. Vierge les mains jointes.
418. Bellini (attribué à). Sainte Famille.
419. Ecole italienne. La Communion.

420. Ecole italienne. Une Sainte Famille.
422.   Id.   Singe, âne et oiseaux.
425.   Id.   Sujet mythologique.
426.   Id.   La Délivrance de saint Pierre.
427.   Id.   Tête d'homme.
428.   Id.   Portrait de Pape.
429.   Id.   Paysage avec ruines et animaux.
430.   Id.   La Vierge et l'Enfant Jésus.
431.   Id.   Tête de Christ.
432.   Id.   Saint Thomas touchant les plaies du Christ.
433.   Id.   La Vierge et l'Enfant Jésus.
434.   Id.   Saint Joseph et l'Enfant Jésus.

Ecole française.

435. Porbus (attribué à). Portrait de Marie de Médicis.
437. Coypel. Homone et le dieu Pan.
438. Philippe de Champagne (attribué à). La Madeleine.
439.   —   (attribué à). Portrait de saint Vincent.
440. Eisen. Les plaisirs de l'été.
441. Leclerc des Gobelins. La Danse villageoise.
444. Watteau (attribué à). Le singe artiste.
445. Robert Lefèvre. Les Trois Grâces.
446. Valin. Tête de Bacchante.
447. Valin (attribué à). Dame coiffée d'un chapeau de paille.
448. Lemoine. Sommeil de l'Amour, esquisse.
450. Monnoyer (Baptiste). Magnifique bouquet de fleurs dans un vase.
451.   Id.   Groupe de fruits posés sur une console de pierre, et fleurs dans un vase.

452. Charpentier. La leçon de flûte.
453.   Id.   Le galant berger.
454. Mallet. Une dame tenant un cahier de musique.
455. Callot (genre de). Deux tableaux de mendiants.
456. Greuze (d'après). Le Petit boudeur.
457. Boucher (d'après). Allégorie de l'Amour.
458. Lancret (école de). Danse villageoise.
459. Prudhon (d'après). L'Amour et Psyché.
460. Ary Scheffer (d'après). Françoise de Rimini (aquarelle).
461. Ecole française. Dame en costume Louis XIII.
462.   Id.   Nature morte. Fruits.
464.   Id.   Jésus portant sa croix.
465.   Id.   Dame en costume Louis XIII.
469.   Id.   Saint François d'Assises.
470.   Id.   Dame en costume Louis XIII.
471.   Id.   Le Repos du chasseur.
472.   Id.   Sujet tiré de l'histoire romaine.
474.   Id.   Dame en costume Louis XIII.
475.   Id.   Deux tableaux : Incendie de Sodome ;
                    Incendie de Troye.
476.   Id.   Deux petits tableaux : Sujets galants.
477.   Id.   Ivresse de Bacchus.
478.   Id.   Halte militaire.
479.   Id.   Paysage d'Italie orné de figures.
480.   Id.   Portrait de dame tenant un livre à la
                    main.
481.   Id.   Seigneur en costume Louis XIII, dans sa
                    bordure finement sculptée.
482.   Id.   Portrait du duc d'Anjou.
483.   Id.   Seigneur en costume Louis XIV.
484.   Id.   Magistrat la main appuyée sur un livre.
485.   Id.   Magistrat écrivant.

4

488. Ecole française. Dame et Seigneur en costume Louis XIII
(grisaille).
489. Id. Tête d'expression.
491. Id. Scène d'intérieur.
492. Id. Allégorie de la Liberté.
494. Id. Seigneur à collerette.
495. Id. L'Eglise Saint-Pierre, à Caen.
496. Id. L'Exhortation.
497. Id. Un Plafond composé de seize portraits,
Louis XIII et Louis XIV ; le milieu
représente un sujet mythologique.
498. Id. Un Plafond composé de cinq portraits
de dames, époques Leuis XIII, Louis
XIV et Louis XV.
499. Id. Un Plafond composé de quatre tableaux
ovales, sujets Pastoraux, attribués à
Huet ; quatre tableaux, bordures rocaille, représentant les Saisons, et un
grand tableau ovale, Amours, sujet
allégorique.
500. Ecole française. Un Plafond composé de deux portraits
de guerriers, époque Louis XIV.
501 Id. Un Plafond composé de six portraits de
dames en costumes Louis XIV et
Louis XV, et d'un grand tableau représentant Louis XIV sur un char.
502. Id. Un Plafond composé de seize portraits
d'écrivains, parmi lesquels ceux de
Voltaire, Clément Marot, Le Dante,
Buffon, Massillon, Malherbe.

Miniatures.

503. Un lot de vingt-sept miniatures. Portraits d'hommes et de femmes en costumes Louis XIV, Louis XV et Louis XVI.

504. Portrait de dame en costume Louis XVI, genre de Hall.

505. Un Martyre, école italienne, sur agathe herborisée.

506. Portrait de Aubry, peint par lui-même.

507. Dame en costume Louis XVI.

508. Dame en costume Louis XV.

509. Dame en costume Louis XIV.

510. Dame tenant une colombe.

511. Seigneur, peinture sur cuivre.

512. Dame en costume du Directoire.

513. Vénus et l'Amour. — Vénus couchée, de **Charlier.**

514. Trois miniatures de Klingstedt.

515. Portrait de Rigault.

516. Seigneur, époque Louis XV.

517. Réunion galante dans un parc de Lawreince.

518. Dame en costume du Directoire, sur ivoire.

519. Homme et Femme, costume du XVIe siècle.

520. Peinture à l'huile très-fine, datée de 1520.

521. Vierge et Enfant Jésus, dans une bordure **en** bronze doré.

522. Repos de la sainte Famille.

523. Diogène à la recherche d'un homme.

524. Quatre miniatures très-fines, sur vélin, dans leurs bordures en bois sculpté, sujets de sainteté.

525. Le Repos en Egypte.

526. Adam et Eve.
527. Miniature sur vélin, l'Enfant-Jésus, époque de Louis XIV.
528. Portrait d'un homme de qualité, époque de Louis XIV.
529. Miniature sur vélin, époque de Louis XIV, la Vierge et
l'Enfant-Jésus.

Fixés.

530. Tête de jeune fille.
531. Deux ports de mer, d'après Joseph Vernet.

Pastels-gouache.

532. La belle jardinière, par Boucher.
533. Jeune fille tenant une rose à la main, par Mme Viger-
Lebrun, dans un cadre ovale.
534. Vénus liant les ailes de l'Amour, attribué à la même.
535. Très-beau portrait de dame en costume Louis XV, attribué à Latour.
536. Portrait de seigneur, époque de Louis XIV.
537. Portrait de Franklin.
538. Portrait d'homme, costume de la Révolution.
539. Port de mer, gouache italienne.

Gravures et Dessins encadrés.

540. Cinq gravures dans leurs cadres en bois sculpté.
541. Trois gravures.
542. Deux gravures anglaises, d'après Klesinger.

543. Une gravure à la manière noire.
544. Archange terrassant le Démon, d'après Jules Romain, dessin à la plume rehaussé d'or.
545. La Chasse en forêt, de Callot, dessin à la plume.
546. Animaux à l'abreuvoir, de Berghem, dessin à la plume rehaussé de sépia.
547. Paysage italien, dessin à la plume.
548. Saint Jean écrivant l'Apocalypse, dessin à la plume.
549. Femme agenouillée auprès de la Vierge, dessin à la plume rehaussé.
550. Dessin à la plume d'une grande finesse.
551. Paysage italien et Marche d'armée. Deux dessins à la plume, de Callot.
552. Saint Jérôme, signé Castiglione, dessin à la plume.
553. Scène de marché, dessin à la plume rehaussé de palmerius.
554. Dame, costume Louis XIII, tenant un cahier de musique à la main. Dessin à la plume, signé Filius Massi.
555. Deux dessins à la plume, école italienne.
556. Sainte Famille, dessin à la plume, bordure en ébène.
557. Portrait de Molière, dessin à la sanguine.
558. Mère de Famille, dessin de Boucher, à la sanguine.
559. Etude de chiens, dessin à la sanguine.
560. Portrait d'un peintre à son chevalet, dessin de Piazetta, à la sanguine.
561. Chaste Suzanne, dessin de Menageot, à la Sépia.
562. La Prédication de saint Jean, dessin de Norblin, d'après Rembrandt, à la sépia.
563. Chasse au cerf, projet de plafond à la sépia.
564. Une Procession, dessin rehaussé.
565. Un Sacrifice, dessin rehaussé.
566. La Cène, dessin rehaussé.

567. Sujet de Sainteté, dessin rehaussé.
568. Scène du Déluge, dessin de Lagrenée, rehaussé.
569. Femme en costume de la Révolution, par Wile, dessin au trois crayons.
570. Tête d'étude à l'huile sur papier, par Drolling.
571. Glorification de la Vierge et de l'Enfant Jésus, dessin.
572 Assomption de la Vierge.
573. Adoration de la Vierge et de l'Enfant Jésus.
574. La Pêche miraculeuse.
575. Mort de Cléopâtre.
576. Sainte Famille.
577. Pan et Syrinx.
578. Présentation de l'Enfant Jésus.
579. La Vierge allaitant l'Enfant Jésus.
580. Jésus entouré des Apôtres.
581. Dessin d'école italienne.
582. Trois études de Michel.
583. La Circoncision.
584. Dessin attribué au Tintoret.
585. Naissance de l'Enfant Jésus.
586. Descente de Croix.
587. Christ entouré d'Anges, de l'école Du Guerchin.
588. Jésus guérissant les malades, dessin de Subleyras.
589. Jésus et la Samaritaine, dessin de Karl Maratte.
590. Jésus entre les deux Larrons, de Van Dyck.
591. Sujet d'histoire ancienne.
592. Résurrection de Lazare.
593. Tête du Maître d'armes de Raphaël, d'après le tableau du Louvre.
594. Le Coucher de la Mariée, par Beaudouin.
595. Saint en extase.
596. Exposition d'un criminel, de Saint-Aubin.

597. Deux cadres en ébène polygonaux : portraits de
     François Ier et de sa femme.
598. Episode de la guerre de Troye.
599. Les saintes Femmes aux pieds de Jésus.
600. Neptune soulevant les flots, de Lemoine.
601. Cadre en bois sculpté contenant deux dessins : l'un,
     Minerve arrêtant le dieu Mars ; l'autre, une Bacchanale.
602. Naissance de Jésus.
603. Deux très-beaux dessins de Mallet, dans leurs bordures
     en bois sculpté, représentant : l'un, un intérieur
     d'étable, et l'autre, un intérieur villageois.

Le Commissaire-Priseur,

MAINFROY.

Succession Abel VAUTIER, député au Corps législatif.

CHAPITRE II.

COLLECTIONS D'HISTOIRE NATURELLE, DE FOSSILES ET DE MINÉRALOGIE.

Vente à Caen, impasse et hôtel de Than,

Le 9 NOVEMBRE 1863, et jours suivants, à midi précis.

EXPOSITION PUBLIQUE

Impasse & hôtel de Than, à Caen,

Les dimanche 1er et lundi 2 novembre 1863, de midi à quatre heures du soir.

NOTE. — Les collections d'histoire naturelle, de fossiles et de minéralogie de feu M. Abel VAUTIER, député au Corps législatif, ont une réputation qui nous dispense d'entrer dans de longs détails. Tous les amateurs les connaissent et les estiment beaucoup. On sait que M. Vautier a mis plus de trente ans à les former. C'est plutôt un musée qu'une collection particulière.

Elle doit cette réputation, tant au grand nombre et à l'importance des pièces dont elle se compose, qu'à la rareté de plusieurs et au bon état de conservation de son ensemble.

On s'est donc borné, dans la présente Notice, à indiquer les grandes divisions et le nombre des sujets principaux que chaque division comporte. Il est inutile d'ajouter que, dans des collections formées avec tant de soin et de persévérance, les individus communs sont de premier choix et d'une distinction supérieure, et les individus rares très-nombreux et très-remarquables.

Tous les objets sont classés méthodiquement, étiquetés et rangés dans des armoires et des boîtes garnies de glaces, de telle sorte qu'un amateur ou une ville, qui voudrait former ou compléter un musée, en trouverait les éléments tout préparés, et n'aurait qu'à en faire l'installation.

Le rédacteur de la Notice,
MAINFROY.

5

La vente se fera dans l'ordre de la Notice, c'est-à-dire que
l'on commencera par l'Anatomie, les Mammifères, les Oiseaux,
pour continuer jusqu'à la fin.

CHAPITRE II.

HISTOIRE NATURELLE, FOSSILES, MINÉRALOGIE.

I. --- VERTÉBRÉS.

1° Mammifères.

Singes, ouistitis et makis.

Chauve-souris, taupes, hérissons, martes, putois, hermine, un très-beau phoque.

Lapins, écureuils; rats, hamsters, polatouche, porc-épic.

Aï, fourmilier, tamanoir, ornithorinque, tatou, pangolin.

2° Oiseaux.

Environ 200 rapaces nobles, parmi lesquels : très-beaux faucons, hobereaux, cresserelles, cresserellettes, émérillons, gerfauts, autours.

Environ 300 rapaces ignobles, parmi lesquels : aigle royal, petit aigle, aigles pigargues, aigles criards, vautour fauve, vautour royal, balbusards, éperviers, milans, boudrées buses, busards, condor.

Environ 200 rapaces nocturnes, parmi lesquels : grands-ducs, moyens-ducs, petits-ducs, grandes chevêches, hibous, effrayes, petites chevêches.

Environ 700 passereaux, parmi lesquels : très-belles pies-grièches, gobes-mouches, jaseurs, merles, drennes, litornes, grives, mauvis, loriots, cardinaux, traquets, tariers, motteux, fauvettes, rossignols, rouges-gorges, becs-fins, siffleurs, pouillots, roitelets, troglodytes, bergeronnettes, farlouses, hirondelles, engoulevents, alouettes, mésanges, bruants, gros-becs, durs-becs, becs-croisés, bouvreuils, verdiers, moineaux, pinçons, linottes, serins, étourneaux, sitelles, corbeaux, pies, geais, cassenoix, rolliers, très-beaux oiseaux de paradis, veuves, huppes, grimpereaux, très-nombreuse collection de colibris et oiseaux-mouches ; très-beaux martins-pêcheurs, guêpiers, calaos.

Environ 200 grimpeurs, parmi lesquels : très-beaux coucous, pics, torcols, très-beaux aras rouge et bleu, une grande collection de perruches, perroquets et kakatoës.

Environ 200 gallinacés, parmi lesquels : très-beaux pigeons, tourterelles, coqs, paons, dindes, faisans, pintades, perdrix, cailles, colins, alectors, tetras, argus, lyres, lagopèdes.

Environ 200 échassiers, parmi lesquels : outardes, huîtriers, œdicnèmes, pluviers, vanneaux ; spatules, hérons, cigognes, grues, marabouts, jabirus, ombrettes ; tourne-pierres, chevaliers, bécasses, maubèches, courlis, ibis, barges, échasses, sanderlings, phalarops, avocettes ; glaréoles, râles, poules d'eau, foulques.

Environ 300 palmipèdes, parmi lesquels : grèbes, plon-geons, imbrim, guillemots, macareux, pingouins, petrels, goëlands, stercoraires, hirondelles de mer, cormorans, fous, cignes, très-beaux canards, eiders, oies, harles, pélicans.

Œufs d'oiseaux.

Une très-belle collection d'œufs de rapaces, parmi lesquels : œufs d'aigles, de vautours, de catharthe, de buses, de milans, de faucons, de cresserelles, d'éperviers, de grands-ducs, de moyens-ducs et de petits-ducs.

Une grande quantité d'œufs de passereaux, parmi lequels ceux de loriot, de corneille, de huppe, de fauvettes, d'oiseaux-mouches, de martins-pêcheurs.

Œufs de pies, de torcols, de perroquets.

Une très-belle collection d'œufs d'échassiers, parmi lesquels ceux de grue, phalarops, ibis, corlieu, outardes, huîtriers, spatules, hérons, chevaliers, barges, avocettes, glarioles, poules d'eau, râles.

Œufs de gallimacés, parmi lesquels ceux d'autruche, de casoar, de paons, dindes, faisans, pintades, perdrix, cailles.

Une très-belle collection d'œufs de palmipèdes, parmi lesquels ceux de grèbes, goëlands, pingouins, guillemots, cygnes, oies, canards.

3° Reptiles.

Environ 35 cheloniens, parmi lesquels la tortue franche, la tortue grecque, la géométrique.

Environ 30 sauriens, parmi lesquels un beau crocodile, plusieurs caïmans, divers beaux lézards, salamandres, iguanes, dragors et caméléons.

Environ 50 ophidiens, parmi lesquels deux serpents boas, un très-grand serpent, vipères, couleuvres.

Un seul batracien, une belle grenouille étrangère de forte dimension.

Environ 30 à 40 œufs de reptiles.

4° Poissons.

Environ 75 poissons des différents ordres, empaillés ou conservés dans l'esprit de vin.

II. --- MOLLUSQUES.

Belles coquilles de céphalopodes, parmi lesquelles : celles de nautile papyracé, d'argonautes flambés.

Une grande collection de gastéropodes, se composant de 1,200 pulmonés, tels qu'escargots terrestres et aquatiques :

4 à 5,000 pectinibranches, parmi lesquels : troques, natices, pourpres, porcelaines, cônes, harpes, tonnes, tornatilles, pyramidelles, roulettes, dauphinales, cadrans, scalaires, turritelles, vis, éburnes, sthruthiolaires, buccins, colombelles, casques, ranelles, olives, tritons, rochers, phasianelles, marginelles, volutes, mitres, turbos, &c.;

100 tubulibranches, parmi lesquels vermilies, magiles;

100 scutibranches, parmi lesquels de très-belles halliotides;

300 cyclobranches, parmi lesquels oscabrelles, oscabrions, scutelles, patelles.

Une grande collection d'acéphales, parmi lesquels : marteaux, huîtres, moules, bénitiers, thracies, pintadines, peignes, tellines, solens, soletellines, &c.

Plusieurs brachiopodes, parmi lesquels des ascidies de plusieurs espèces.

Plusieurs cirrhopodes, parmi lesquels de beaux anatifes.

III. --- ARTICULÉS.

Annélides. Plusieurs spirorbes et hésiones.

Crustacés. Crabes, étrilles, araignées de mer, poupards et homards.

Arachnides. 2 boîtes d'araignées, scorpions et fanx scorpions.

Insectes. Quelques myriapodes, parmi lesquels de
beaux scolopendres.

80 boîtes de coléoptères, parmi lesquels des
longicornes, des cédoines, des hannetons,
des taupins, des goliath, des hercule,
des jupiter, des centaures, des macro-
dontes, des rhynchophores, des carabes,
des cicindelles, des charançons.

4 boîtes d'orthoptères, parmi lesquels de
très-belles sauterelles, et une boîte de
coureurs.

1 boîte d'hémiptères, comprenant une grande
quantité de punaises.

3 boîtes de névroptères, parmi lesquels de
très-belles libellules et des phryganes.

10 boîtes d'hymenoptères, parmi lesquels de
très-belles abeilles, guêpes, bourdons.

300 boîtes de lépidoptères, contenant environ
10,000 papillons, parmi lesquels des individus des plus belles espèces.

1 boîte de rhipiptères, contenant des xénos
et des stylops.

1 boîte de diptères, contenant différentes
espèces de rhingies.

Tous les animaux compris dans ce chapitre sont dans un
état parfait de conservation, et peuvent immédiatement être
rangés dans toute collection, sans inspirer la moindre crainte.

Une grande partie des boîtes sont en acajou verni, garnies
de glaces.

IV. --- RAYONNÉS.

Echinodermes. Une grande quantité d'astéries, euryales et oursins, avec et sans épines.

Intestinaux. Quelques vers conservés dans l'esprit de vin.

Polypes. Une grande quantité de polypiers, madrepores et coraux.

La plupart des individus de cette dernière classe sont de grande dimension, dans un état de conservation parfait, et tel qu'on en voit rarement dans les plus belles collections.

OBJETS CURIEUX D'ANATOMIE.

Une tête de sauvage tatouée ;
Os frontaux avec cornes ;
Cornes d'élan ;
Cornes de chamois ;
Tête de chevreuil ;
Tête monstrueuse de veau ;
Défenses d'éléphant ;
Molaires d'éléphant ;
Cornes de rhinocéros ;
Une très-belle tête de morse avec défenses ;
Plnsieurs têtes de souffleurs ;
Plusieurs têtes d'Albatros ;
Plusieurs têtes de poissons ;
Mâchoires de requin ;
Très-belles défenses de squales ;
Très-belle défense d'espadon.

FOSSILES.

Un très-bel ichthyausaure ;
Plusieurs crocodyles ;
Très-beaux ammonites ;
Belemnites ;
Térébratules ;
Oursins ;
Grande quantité de coquilles de tous genres ;
Poissons pétrifiés, parmi lesquels une carpe parfaitement entière ;
Bois pétrifiés ;
Pétrifications de toute espèce, parmi lesquelles une quantité de plantes.

MINÉRALOGIE.

Environ 2,000 échantillons de minéralogie, parmi lesquels des échantillons précieux.
Une grande quantité de marbres étrangers et du pays.

AGATES, PIERRES PRÉCIEUSES.

Environ 500 échantillons d'agates, onyx, jaspes, jades, cornalines, de différentes espèces ;
1 brillant ; — 4 rubis ; — 3 grenats ; — 17 topazes, dont

plusieurs brûlées ; — 1 émeraude ; — 1 saphir d'eau ; — 1 péridot ; — 13 améthystes, dont 1 rose ; — 2 hyacinthes ; — 1 lunaire ; — 1 pudding ; — 1 aigue-marine ; — 1 chrysolithe ; — 1 rubace.

Curiosités, Armes et Instruments sauvages.

Une quantité considérable d'armes et instruments chinois, indiens, tels que : instruments de musique, arcs, flèches, carquois, lances, colliers, bracelets, coiffures en plume, instruments de pêche, tridents, gourdes, casse-tête, poignards, haches d'armes, écrans, &c. ;

Un mortier en bois avec pilon, statues grotesques, sandales. vêtements en tissus indiens, &c.

Le Commissaire-Priseur,

MAINFROY.

Succession Abel VAUTIER, député au Corps législatif.

CHAPITRE III.

CATALOGUE

DE

LA BIBLIOTHÈQUE, DES LIVRES RARES

ET DES MANUSCRITS.

La vente aura lieu à Caen, impasse et hôtel de Than,

Les 16, 17, 18, 19, 20 et 21 NOVEMBRE,
à midi précis.

EXPOSITION PUBLIQUE

Les dimanche 1er et lundi 2 novembre.

Nota. — La Bibliothèque de **M. Abel VAUTIER** se compose de plus de 8,000 volumes, comprenant beaucoup de livres rares et précieux, des manuscrits, un ensemble de bons ouvrages classiques sur toutes les matières, enfin un grand nombre d'ouvrages sur la Normandie.

Elle a été formée d'abord par **M. CHÉNEDOLLÉ**, dont on connaît le goût et la compétence en bibliographie, continuée et complétée par M. Abel VAUTIER, qui y a réuni celle qu'il avait déjà formée lui-même.

Le nombre et l'importance des numéros ont rendu nécessaire la rédaction d'un *Catalogue distinct et séparé*, qui était trop volumineux (200 pages environ) pour être compris au présent. Il sera envoyé aux amateurs qui en feront la demande.

Su

C

Succession Abel **VAUTIER**, député au Corps législatif.

CHAPITRE IV.

COLLECTIONS DE GRAVURES, DOSSIERS & ALBUMS

(Ecoles française, italienne, flamande, hollandaise, &c.)

Plus de 30,000 pièces.

La vente aura lieu les 23, 24, 25 & 26 NOVEMBRE 1863,
à midi précis.

Elle se fera par lots arrangés par un expert de Paris.

NOTICE ABRÉGÉE.

Cette Collection, très-considérable, renferme de belles
pièces par et d'après les maîtres suivants :

DÉSIGNATION SOMMAIRE.

École française.

Callot, Claude-le-Lorrain, Flamen, Moreau : *Le Coucher de
la mariée.*

Beaudoin, Eisen, Lancret, Watteau, Cochin : *quantité de
Vignettes.*

Pérelle, Silvestre : *Paysages et Vues de Paris.*

Michel Lasne : *son Œuvre presque complet.*

Wille, Nanteuil, Morin, Masson : *un grand nombre de Portraits,* &c.

École italienne.

Marc Antoine, Marc de Ravenne, Augustin Vénitien, Manteigne, les Ghisi, Bonasone : *Pièces d'après Raphaël,* &c.

Écoles allemande, flamande et hollandaise.

Martin Schongauer : *Le portement de la Croix, le couronnement de la Vierge.*

A. Glokenton : *Le portement de la Croix.*

J. de Mecken, Albert Durer : *Le saint Hubert, la Jalousie, ta Mélancolie, et autres.*

L. de Leyde : *Le Christ présenté au peuple, les trois Croix, la Laitière, et autres.*

Goltzius : *Les Chefs-d'œuvre;* — Rembrandt : *Le bourguemestre Six, la petite Tombe, Paysages, Portraits;* — Berghem, P. Potter, Van Dyck : *Portraits;* — Hollar, Rubens : *Belles Pièces d'après lui,* par Vosterman, Bolswert; — V. Huysum: *Les Fleurs et les Fruits;* — Ostade : *son Œuvre.*

Quelques Gravures modernes, dont : *La Vierge d'Orléans, la Vierge aux bas-reliefs,* par M. Forster.

La Mort du duc de Guise, les Moissonneurs et les Pêcheurs, par M. Desclaux, épreuves avant la lettre.

Grand nombre de Dessins anciens de toutes les Ecoles, à la sanguine, à la plume, au bistre, par : Le Poussin, Lesueur, Guerchin, Raphaël, Rubens, V. Dyck, P. Potter, Wouvermans, &c., &c.

Un grand nombre de belles gravures modernes.

Le Commissaire-Priseur,

MAINFROY.

Succession Abel VAUTIER, député au Corps législatif.

EXTRAIT DU CATALOGUE GÉNÉRAL ET COMPLET

**Des collections de Tableaux, Objets d'art, Curiosités,
Histoire naturelle, Minéralogie, Gravures
et Bibliothèque de M. Abel VAUTIER.**

CHAPITRE V.

COLLECTION DES MONNAIES, MÉDAILLES & PAPIER-MONNAIE.

Vente à Caen, impasse et hôtel de Than,

Les 27, 28, 29 & 30 NOVEMBRE, à midi précis.

EXPOSITION PUBLIQUE

Impasse & hôtel de Than, à Caen,

Les dimanche 1er et lundi 2 novembre 1863, de midi à quatre heures
du soir.

Nota. — Cette Collection se divise ainsi :

Pièces grecques et gauloises.
Familles romaines.
Romaines impériales.
Françaises.
Série constitutionnelle.
République.
Consulat.
Empire.
Républiques étrangères.
Famille de Napoléon.
Première Restauration.
Cent-Jours.
Seconde Restauration.

République de 1848.
Présidence de la République.
Second Empire.
Républiques étrangères 1848.
Monnaies seigneuriales.
Monnaies étrangères.
Grandes médailles, jetons.
République de 1848. Plaques et
  médailles.
Napoléon III. Médailles.
Médailles diverses.
Papier-monnaie.
Assignats des communes.

COLLECTION DES MONNAIES-MÉDAILLES
ET PAPIER-MONNAIE.

Grecques & Gauloises.

1. 29 monnaies d'Italie, de Sicile et de Macédoine, 29 p. BR.
2. *Naples*, 1 p., Tête à gauche; R., Bœuf à face humaine;
   — *Tarente*, 5 p., Cavalier dans diverses poses, AR. 6 p.
3. *Agrigente*, ΑΓΡΑΓΑΝ, Aigle et Poisson; R., ΑΓΡΑΓΑΝΤΟΣ,
   Crabe,   OR, module 3.
4. *Metaponte, Thurium, Posidonia, Croton, Terina* et *Velia*,
                                                  7 pièces, AR.
5. *Panormus Syracuse*,   6 pièces, AR.
6. *Alexandre-le-Grand*, 5 pièces; *Philippe III*, 1 pièce;
   Macédoniens en général, 1 pièce,   7 pièces, AR.
7. *Larissa*, 1 p.; *Athènes*, 1 p.; *Phlius*, 1 p.; *Corinthe*, 3 p.,
                                                  6 pièces, AR.
8. *Sicyon*, 2 p.; *Histiaca*, 1 p.; *Rhodes*, 1 p.; *Cos*, 1 p.,
                                                  5 pièces, AR.
9. *Selge*, 1 p.; *Rois Parthes*, 3 p.; *Alexandre* (Bala), 1 p.;
   Roi Sassanède, 1 p.; *Auguste* et *Tibère*, d'Alexandrie,
   1 p.,   7 pièces, AR.
10. Gauloises en argent et billon,   75   *id.*
11.   *Id.*,   potin et bronze,   41   *id.*
12.   *Id.*,   or et électrum,   15   *id.*
13. Pannoniennes,   3   *id.*

Familles Romaines.

14. *Abaria*, 1 p.; *Acilia*, 3 p.; *Æmilia*, 3 p.; *Antestia*, 1 p.;
    Antonia, légion, 3 p.,   11 pièces, AR.

15. *Cassia,* 4 p.; *Carisia,* 3 p. ; *Cipia,* 1 p. ; *Claudia,* 7 p.;
   Cœlia, 1 p.; *Cordia,* 1 p.,   17 pièces, AR.
16. *Cornelia,* 4 p.; *Coponia,* 2 p.; *Crepusia,* 2 p., 8 pièces, AR.
17. *Egnatuleia,* 2 p.; *Eppia,* 1 p.; *Furia,* 2 p.; *Fonteia,* 3 p.,
                                      8 pièces, AR.
18. *Herennia,* 1 p.; *Hosidia,* 2 p.; *Julia,* 8 p., 11   *id.*
19. *Junia,* 2 p.; *Lucilia,* 1 p.; *Marcia,* 4 p. ; Memmia, 1 p.;
   Minutia, 1 p.,   9 pièces, AR.
20. *Mussidia,* 1 p.; *Plactoria,* 2 p. ; *Plautia,* 8 p.; *Pompeia,*
   1 p.,   12 pièces, AR.
21. *Postumia,* 4 p.; *Procilia,* 1 p.; *Roscia,* 1 p.; *Rubria,* 1 p.;
   Rutilia, 1 p.,   8 pièces, AR.
22. *Scribonia,* 3 p.; *Servilia,* 2 p.; *Sulpicia,* 2 p.; *Thoria,* 2 p.;
   Tituria, 1 p.; *Valeria,* 1 p.; *Urbinia,* 1 p.; 12 pièces, AR.
23. Incertaines, &c.,   7   *id.*
24. As et divisions, modules variés,   5   *id.* BR.

Romaines Impériales.

25. *Jules César,* R., SEPVLIVS MACEA. Vénus debout, à gauche,
   1 p. ; *Marc-Antoine* et *Auguste,* famille Barbatia, 1 p. ;
                                      2 pièces, AR.
26. *Auguste,* AR. 6 p., M B. 3 p. ; *Livie,* MB. 2 p. ; Justitia
   et Pietas, Agrippa, M B. 1 p. ; *Agrippa* et *Auguste,* MB.
   3 p.,   15 pièces.
27. *Tibère,* AR. 4 p. ; — *Caligula,* M B. 2 p., P B. 2 p., 8 p.
28. *Néron,* AR. 2 p., M B. 4 p., potin d'Egypte, 3 p.,   9 p.
29. *Galba,* AR. 1 p., M B. 1 p. ; *Othon,* AR. 1 p.; *Vespasien,*
   AR. 5 p., M B. 3 p.,   11 pièces.
30. *Titus,* G B. 1 p., M B. 1 p. ; *Domitien,* AR. 3 p., G B.
   1 p., M B. 2 p.,   8 pièces.

31. *Domitien*, CERES AUGUSTA. Cérès debout, à gauche. OR 1 p.
32. *Nerva*, AR. 1 p., G B. 1 p. ; *Trajan*, AR. 21 p., M B.
2 p.; 2 id., potin d'Autriche, 27 pièces.
33. *Hadrien*, ADVENTVI AVG. ITALIÆ. 2 figures debout, OR 1 p.
34. *Id.*, AR. 11 p., G B. 6 p., M B. 2 p., 1 *id.* d'Alexandrie, 20 pièces.
35. *Sabine*, M B. 1 p.; *Ælius*, M B., 1 p. ; *Antonin*, AR. 8 p.,
G B. 1 p., M B. 5 p., 16 pièces.
36. *Faustine* mère, AR. 7 p., G B. 1 p., M B. 2 p., 10 *id.*
37. *Marc-Aurèle*, AR. 8 p., G B. 3 p., M B. 2 p., 13 *id.*
38. *Faustine* jeune, CONCORDIA, Colombe à droite, OR 1 *id.*
39. *Id.*, AR. 4 p., G B. 2 p. ; *Lucius Verus*, AR. 1 p. ;
Lucille, AR. 1 p., 8 pièces.
40. *Commode*, AR. 1 p., G B. 1 p., M B. 2 p. ; *Albius*, G B.
1 p. ; *Septime Sévère*, AR. 2 p., G B. 1 p. ; *Julia Domna*,
AR. 4 p., G B. 1 p., 13 pièces.
41. *Caracalla*, AR. 10 p., M B. 2 p. ; *Geta*, AR. 2 p., 14 *id.*
42. *Elagabale*, 1 potin d'Antioche ; *Julia Mœsa*, AR. 2 p. ;
Alexandre Sévère, AR. 9 p., M B. 1 p. ; *Mamée*, AR., 1 p.,
14 pièces.
43. *Maximin Ier*, AR. 5 p. ; *Maxime*, G B. 1 p., 6 *id.*
44. *Gordien III*, BIL. 46 p., G B. 5 p. 51 *id.*
45. *Philippe Ier*, BIL. 35 p., G B. 2 p., M B, 1 p. 38 *id.*
46. *Otacille*, BIL. 10 p., G B. 1 p., 11 *id.*
47. *Philippe* fils, BIL. 4 p., G B. 2 p., M B. de Cyrrhostique,
1 p., 7 pièces.
48. *Trajan Dèce*, BIL. 8 p. ; *Etruscille*, BIL. 2 p. ; *Heren
Etruscus*, 1 potin d'Antioche ; *Hostilien*, BIL. 1 p.,
12 pièces.
49. *Trebonien* Galle, BIL. 17 p. ; *Volusien*, BIL. 3 p., G B.
1 p. ; *Mariniana*, BIL. 1 p., 22 pièces.
50. *Valérien* père, BIL. 14 p. ; *Gallien*, BIL. 28 p., P B. 8 p.,
50 pièces.

51. *Salonine*, BIL. 12 p., P B. 2 p. ; — *Valérien* jeune et *Salonin*, BIL. 13 p., 27 pièces.

52. *Victorin*, P B. 4 p. ; *Tetricus* père, 2 PB. ; 1 Lœlianus, P B. 1 p. ; 1 *Claude II*, P B. 1 p. ; *Tacite*, P B. 3 p., 11 pièces.

53. *Aurélien*, P B. 1 p. ; *Vabalathe*, POT., 1. p. ; *Probus*, P B. 8 p. ; *Carinus*, P B. 1 p. ; *Numérien*, P B. 1 p. ; *Dioclétien*, M et P B. 2 p. ; *Maximilien Hercule*, M B. 7 p. ; *Constance Chlore*, M B. 1 p. ; *Galère*, M B. 1 p., 23 pièces.

54. *Carausius*, P B. 1 p. ; *Maxence*, M B. 1 p. ; *Licinius* *père*, P B. 2 p. ; Licinius fils, P B. 1 p. ; *Constantin I*^{er}, M et P B. 14 p., 19 pièces.

55. *Constance II*, AR. 2 p., M et P B. 2 p. ; *Magnence*, M B. 2 p. ; *Julien II*, AR. 2 p., 8 pièces.

56. *Valens*, AR. 1 p.; *Gratien*, AR. 2 p.; *Théodose I*^{er}, AR. 1 p., P B. 1 p., 5 pièces.

56 *bis. Honorius*, sol d'or, 2 p., 2 *id.*

56 *ter. Honorius*, AR. 1 p. ; *Magnus Maximus*, AR. 1 p., Valens, AR. 2 p., 4 pièces.

57. *Justin I*^{er}, OR, tiers de sou, 3 p. ; *Justinien I*^{er}, OR, tiers de sou, 1 p., 4 pièces.

57 *bis. Heraclius I*^{er} et *II*^e, OR, sol, 1 *id.*

57 *ter. Constantin X et Romain II*, OR, sol, 1 p., 1 *id.*

58. *Isaac II*, l'Ange, pièce d'or concave, 1 *id.*

58 *bis. Michael VIII*, Paléologue, pièce d'or concave, 1 *id.*

59. 17 grand et moyen BR. byzantin, de Justin, Justinien, Heraclius, Romain II et Jean III, 17 pièces.

Françaises.

60. Mérovingienne d'or, de Strasbourg, illisible, et deux autres barbares, 3 pièces.

61. Saigus d'argent , contemporains de Charles Martel,
2 pièces.

62. *Charlemagne*, KAROLUS en deux lignes; R., MEDOLUS, en légende circulaire; denier mette, denier posthume,
2 pièces.

63. *Louis-le-Débonnaire*, Venise, 1 p. ; *Louis II*, Christiana religio, 4 deniers et une obole,
6 pièces.

64. *Charles-le-Chauve*, le Mans, 4 p. ; Courtisson , 2 p. ; *Eudes*, Toulouse, 1 p.; Limoges, 2 p.,
9 pièces.

65. *Charles-le-Simple*, Metulo, 4 deniers et une obole ; *Charles-le-Gros*, Christiana religio, 1 p.; *Lothaire II*, Bourges, Temple, 1 p.,
7 pièces.

66. *Louis VI*, Orléans, 4 p.; Etampes, 1 p.; Mantes, 1 p. ; *Louis VII*, Paris, 4 p. ; *Philippe II*, Arras, 1 p. ; Deols, 1 p.; Paris, 4 p.,
16 pièces.

67. *Louis IX*, saint Louis, 4 gros tournois, 6 deniers tournois,
10 pièces.

68. *Philippe III*, Masse ou chaise d'or, PHILIPP. DEI. GRA. FRANCORV. REX (le Roi assis sur un siége, tenant sceptre et main de justice; dans le champ, deux lys placés à droite et à gauche du Roi; R., XPC VINCIT, XPC REGNAT, XPC IMPERAT, croix feuillue et cantonnée de quatre lys),
1 pièce.

69. *Philippe IV*, *Masse d'or*, type de la pièce précédente, sans le lys,
1 pièce.

70.   *Id.*,   gros tournois, 4 p. ; demi-gros, 2 p. ; 3 deniers; 1 obole,
10 pièces.

71. *Charles IV*, gros tournois, 2 p.; 1/2 gros, 1 p., 3 *id.*

72. *Philippe VI*, Royal,   OR, 1 pièce.

73.   —   Double-Royal,   OR, 1 *id.*

74.   —   Pavillon,   OR, 1 *id.*

75.   —   Lion,   OR, 1 *id.*

76.	*Philippe VI*,	Ecu,	OR, 1	*id.*
77.	—	*Id.*,	OR, 8	*id.*
78.	—	Gros tournois,	AR. 5	*id.*
79.	*Charles V*,	Florin,	OR, 1	*id.*
80.	—	Royal,	OR, 1	*id.*
81.	—	*Id.*,	OR, 5	*id.*
82.	—	Gros et demi-gros du Dauphiné,	AR. 3	*id.*
83.	*Jean II*,	Mouton,	OR, 1	*id.*
84.	—	*Id.*,	OR, 3	*id.*
85.	—	Franc-à-Cheval,	OR, 2	*id.*
86.	—	Ecu en bas or, frappé pour le rachat du Roi,	OR, 2	pièces.
87.	—	Gros à la couronne, 2 p.; gros au lys, 1 p.; blanc, 1 p.,	4	pièces.
88.	*Charles VI*,	Ecu,	OR, 1	*id.*
89.	—	*Id.*,	OR, 4	*id.*
90.	—	*Id.*,	OR, 6	*id.*
91.	—	Gros à la couronne, 1 p.; blanc à l'écu, 11 p.; 1 denier tournois,	13	pièces.
92.	*Henri VI*,	Salut,	OR, 1	*id.*
93.	—	*Id.*,	OR, 3	*id.*
94.	*Henri V*,	Double tournois, dit Niquet, 5p.; *Henri VI*, grand blanc aux deux écus, 7 p. ; demi-blanc, 3 p.,	15	pièces.
95.	*Charles VII*,	Ecu,	OR, 1	*id.*
96.	—	1/2 Ecu,	OR, 1	*id.*
97.	—	Aigniel,	OR, 2	*id.*
98.	—	Blanc, 5 p.; 2 deniers,	7	*id.*
99.	*Louis XI*,	Ecu,	OR, 2	*id.*
100.	—	3 gros d'argent, 4 blancs à la couronne, 1 *id.* de Bretagne, 3 blancs au soleil, 1 *id.* du Dauphiné, 9 doubles tournois,	21	pièces.

101. *Charles VIII*, Ecu au soleil,   OR, 1 pièce.
102. —   —   OR, 2 *id.*
103. —   5 Karolus, 1 *id.* du Dauphiné, 2 blancs à la couronne, 4 *id.* de Bretagne, 5 doubles tournois, 3 *id.* du Dauphiné, 2 hardis, 2 liards d'Aquila dans les Abruzzes, 24 p.
104. *Louis XII*, Ecu aux Porcs-Epics, l'écu non couronné,   OR, 1 pièce.
105. —   Le même, l'écu couronné,   OR, 1 *id.*
106. —   Le même,   OR, 4 *id.*
107. —   Ecu de Bretagne,   OR, 1 *id.*
108. —   Ecu du Dauphiné,   OR, 1 *id.*
109. —   Blanc aux Porcs-Epics, 2 p. ; Blanc du Dauphiné, 1 p. ; Dizain dit Ludovicus, 1 p. ; denier ou liard de Naples,   5 pièces.
110. —   Essai en argent de l'écu d'or de Naples, avec la légende PERDAM BABYLONIS NOMEN (frappé moderne),   AR. 1 pièce.
111. *François Ier*, Ecu, croix simple,   OR, 1 *id.*
112. —   — croix cantonnée de deux F, OR, 2 *id.*
113. —   Le même,   OR, 6 *id.*
114. —   1/2 Ecu,   *id.*   OR, 1 *id.*
115. —   Ecu du Dauphiné, croix simple, OR, 1 *id.*
116. —   — croix cantonnée de deux F, OR, 2 *id.*
117. —   — croix cantonnée de deux dauphins,   OR, 1 pièce.
118. —   Ecu à la croisette,   OR, 1 *id.*
119. —   Testons variés,   AR. 5 *id.*
120. —   Blanc à la couronne, 4 p.; *id.* du Dauphiné, 1 p.; à la croisette, 1 p.; *id.* du Dauphiné, 1 p. ; Blanc à l'F, 1 p. ; Denier tournois aux deux lys, 2 p.,   10 pièces.

121. *Henri II,* Double-Henri, frappé à Rouen, OR, 1 *id.*
122. — Le même, OR, 1 *id.*
123. — Testons au marteau de *Jean de Beaucousin,*
    Nicolas Raffin, &c., 8 testons et 1 demi-
    teston. — Testons au balancier, coins de
    Grouvelle et de Nicolas Bechat, 3 p. —
    François II et Marie, 1/2 schelling, 1 p.,
    AR. 13 pièces.

124. *Charles IX,* Ecu, frappé à Rouen, OR, 1 *id.*
125. — Le même, frappé à Bordeaux, Toulouse et
    Reims, OR, 3 pièces.
126. — Testons et demi-testons, 7 p.; Douzain, 2 p.,
    9 pièces.

127. *Henri III,* Ecu, OR, 1 *id.*
128. — Demi-écu, OR, 1 *id.*
129. — Franc, 8 p.; 1/2 franc, 6 p., 14 *id.*
130. — Testons, 3 p. ; quart d'écu, 7 p. ; 8ᵉ d'écu,
    2 p. ; Gros de Nesle, 2 p. ; Blanc, 1 p.,
    15 pièces.

131. *Charles X,* Quart d'écu, 3 p.; 8ᵉ d'écu, 1 p., 4 *id.*
132. *Henri IV,* Ecu, 1593, OR, 1 *id.*
133. — Demi-franc, 8 p.; quart d'écu, 10 p.; *id.* de
    Béarn et Navarre, 5 p. ; 8ᵉ d'écu, 5 p.,
    28 pièces.

134. — Double tournois, piéfort, tranche cannelée,
    1 p.; Douzain, 3 p., 4 pièces.

135. *Louis XIII,* Double-louis, OR, 1 *id.*
136. — Louis, OR, 1 *id.*
137. — Demi-louis, OR, 3 *id.*
138. — Ecu, ancien système, frappé à Amiens,
    OR, 1 pièce.
139. — *Id.,* frappé à Paris et à Rouen, OR, 2 *id.*

140. *Louis XIII,* Demi-franc, Buste, Collerette,   1 pièce.
141.   —   *Id.,*   *id.,*   5 *id.*
142.   —   Quart d'écu, ancien système, 3 p.; *id.* de
               Béarn, 3 p. ; Navarre, 4 p. ; 8e d'écu de
               France, 2 p.; Douzain, 2 p.,   14 pièces.
143.   —   Série de l'écu blanc, écu ; 1/2 écu; 1/4
               d'écu ; 12e d'écu,   4 pièces.
144.   —   Quart d'écu, 2 p.; 12e d'écu, 8 p., 10 *id.*
145. *Louis XIV,* Louis au buste Poupard,   OR, 2 *id.*
146.   —   Demi-louis,   OR, 2 *id.*
147.   —   Louis à la tête juvénille,   OR, 1 *id.*
148.   —   Louis au buste *senior,* 4 L au revers, frappé
               à Rouen,   OR, 1 pièce.
149.   —   Le même, frappé à Rennes,   OR, 1 *id.*
150.   —   Ecu d'argent, au buste Poupard, 2 p. ;
                                      2 pièces.
151.   —   Demi-écu, 4 p. ; 1/4 d'écu, 2 p. ; 12e d'écu,
               4 p. ; 24e d'écu, 1 p. ; 48e d'écu, 1 p.,
                                      12 pièces.
152.   —   Ecu dit du Parlement, avec la cravate, 2 p.
153.   —   Quatre sols de 1670, 6 p.; quatre sols dits
               de Traitant, 6 p.; 2 sols *id.,* 1 p.; 10 sols
               avec sceptre et main de justice, 1 p. ; 5
               sols, *id.,* 4 p.; double schelling de 1792,
               1 p.,   20 pièces.
155.   —   Louis d'argent ou écu aux 8 L. ; écus, 2
               p.; 1/2 écu, 4 p.; 1/4 d'écu, 2 p.; 12^e
               d'écu, 1 p.,   9 pièces.
156.   —   Demi-écu aux 8 L., avec 3 lys dans le cercle
               du centre, 1 p.; 1/2 écu de Strasbourg
               au sceptre et main de justice, 2 p., 3 p.
157.   —   Ecu aux trois couronnes, dit Louis d'ar-
               gent, 4 p.,   4 pièces.

158. *Louis VIV,* Demi-écu aux trois couronnes, 2 p. ; 1/4 d'écu, 2 p.; 10e d'écu, *id.,* 4 p., 8 pièces.

159. — Ecu blanc, dit aux Palmes, 1 p.; 1/2 écu, *id.,* 2 p. ; 12e d'écu, 1 p., 4 pièces.

160. — Ecu dit Carambole pour la Flandre, 2 p.; 1/2 écu, *id.,* 1 p., 3 pièces.

161. — Demi-écu dit aux Insignes, 12e d'écu de Strasbourg, 1711, 1 p.; douzain, 3 pièces variées. 5 pièces.

162. *Louis XV,* Double-louis dit Mirliton du cardinal Dubois, OR, 1 pièce.

162 bis. — Louis, *id.,* OR, 2 *id.*

163. — Louis de 1726, buste drapé à gauche ; R., deux écussons ronds, OR, 1 pièce.

164. — Louis d'or, dit au bandeau, OR, 1 *id.*

165. — Demi-louis d'or, *id.,* OR, 1 *id.*

166. — Double-louis à la vieille tête, OR, 1 *id.*

167. — Louis, *id.* OR, 1 *id.*

168. — Ecu d'argent, dit Vertugadin, à l'écusson rond, 1 pièce.

169. — 2 *id.,* *id.,* 2 *id.*

170. — Quart d'écu, *id.,* 1 p.; 10e d'écu, *id.,* 4 p., 5 pièces.

171. — Ecu ou louis d'argent aux 8 L et 4 couronnes, 1 pièce.

172. — Ecu, *id.,* 1 p.; 1/2 écu, *id.,* 1 p.; tiers d'écu, *id.,* 1 p., 3 pièces.

173. — Ecu dit de France avec l'écusson carré, 1 p.; tiers d'écu, *id.,* 1 p.; 6e d'écu, *id.,* 1 p.; 12e d'écu, *id.,* 1 p., 4 pièces.

174. — Tiers d'écu, *id.,* 6 p.; 6e d'écu, *id.,* 3 p., 9 p.

175. — Petit louis d'argent de 1720 aux 8 L, 3 p.;

Livre d'argent aux 2 L., 3 p. ; 12 sols,
îles du Vent, 2 p.,   8 pièces.

176. *Louis XV*, Ecu dit de Navarre, 1 p.; 1/2 écu, *id.*, 1 p., 2 pièces.

177. — Ecu, *id.*, 2 p.,   2 *id.*

178. — Demi-écu aux lauriers, 4 p.; 20e *id.*, 2 p.,   6 pièces.

179. — Ecu dit au Bandeau, 1 p. ; 1/2 écu, 1 p. ; 24 sols, *id.*; 12 sous, 1 p.; 6 s. 1 p., 5 p.

180. — 24 sous, *id.*, 3 p.; 12 sous, *id.*, 1 p.; 6 sous *id.*, 1 p.; douzain, 4 p.; 1/2 douzain, 1 p.; fanans de Pondichéri, 3 p.; 1/4 de fanan, 1 p.,   13 pièces.

181. *Louis XVI*, Louis, écu aux Palmes,   OR, 1 *id.*

182. — Le même,   OR, 1 *id.*

183. — Louis aux 2 écus carrés,   OR, 1 *id.*

184. — Ecu dit de Calone, coin de Droz, 1 *id.*

185. —. Ecu de 6 livres au buste juvénile, 1787; 1/2 écu de 1785, 24 sols de 1780, 12 sols de 1786, 6 sols de 1782, 5 pièces.

186. — Autre série des mêmes pièces, 5 *id.*

187. — Ecu, même type, 1789-90-91, 3 *id.*

188. — Le même, 1789, 2 *id.*

189. — Demi-écu, 1790 et 1792, 2 p. ; 12 sols, 2 p.; 6 sols, 1 p. ; 1/2 sou, cuivre ; 1/4 de sou, 6 p. ; 2 sous de Cayenne, 1 p. ; 3 sous de Bourbon, 1 p., 14 pièces.

Série dite constitutionnelle.

190. — Louis de 24 livres, 1793,   OR, 1 pièce.

191. — 6 liv., 1 p.; 3 liv., 1 p.; 30 s. 1/2, 1792, 3 p.

192. *Louis XVI*, 6 livres, 3 p.; 3 livres, 1 p.,   4 pièces.
193.   —   6 livres, 1793, 3 p.,   3 *id.*
194.   —   30 sous, 1791, 6 p. ; 15 sous, *id.*, 6 p. ; 2 sous, 1 p.; 1 sol, 1 p.,   14 pièces.

République, pièces sans nom de roi.

195. 24 livres, 1793,   OR, 1 pièce.
196.   *id.*,   OR, 2 *id.*
197. 6 livres, 2 p.,   2 *id.*
198. 5 livres, an 5 et an 7.   2 *id.*
199. 5 livres, an 5, 6, 7, 8 et 9,   6 *id.*
200. Sol et 2 sols républicains au génie debout, 2 p. ; dizain fabriqué à Lyon en métal de cloche, 3 p.; assignats métalliques de Lesage et Cᵉ, 20 sous, 2 p.; 10 sous, 3 p.; 5 sous, 2 p.,   13 pièces.
201. Monneron, à la tête de la Liberté, frappé par les artistes de Lyon, 1 p. (magnifique exemplaire),   1 pièce.
202. 5 décimes dit de Robespierre, 2 p. ; Monneron à l'hercule, 3 p.,   5 pièces.
203. Monnerons de 5 sous, avec le type de la Fédération, 7 p.; *id.* de 2 sous, avec la Liberté assise, 7 p., an III et an IV,   14 pièces.
204. 10 centimes an IV, 10 centimes an V, décime an IV, 2 p.; 5 centimes an IV, 3 p.; 5 centimes an VII, 2 p.; 1 centime avec : PIECE D'ESSAI UN CENTIME L'AN 6, en 4 lignes; autre centime de l'an V avec : COUPÉ ET FRAPPÉ EN MÊME TEMPS PAR PH. GENGEMBRE, en 6 lignes, 12 pièces.
205. Siége de Mayence, 5 sous, 2 sous, 1 sous, 3 p.; île Maurice, 50 sous, 1 p. ; 25 sous, 2 p.,   6 pièces.

Consulat.

206. *Bonaparte,* Iᵉʳ consul, 20 francs, an XII,   OR, 1 pièce.
207.   —   5 fr., 2 fr., 1 fr., demi-franc, quart de franc,
an XII,   5 pièces.
208.   —   5 fr., 3 p. ; 1 fr., 1 p. ; quart de fr., 1 p. ;
an XII,   5 pièces.

Empire.

209. Napoléon, 5 fr. an 12, 2 fr. an 13, 1 fr. an 13, 1/2 franc
1806 , même tête que les pièces du Consu-
lat,   4 pièces.
210.   —   2 fr., *id.*, 2 p. ; 1 fr., 5 p. ; 1/2 fr., 1 p. ;
1/4 de fr., 9 p.,   17 pièces.
211.   —   5 fr. an XIII, 1 p. ; autre tête , également in-
laurée (elle est plus large que celle du
Consulat et d'un plus grand caractère),
3 p. à 10 c.,   4 pièces.
212.   —   100 fr. à la tête de face , pièce d'essai en
cuivre doré, frappe moderne,   1 pièce.
213.   —   Autre type de tête (elle est couronnée de
laurier), 5 fr., 2 fr., 1 fr., 1/2 franc, 1/4
de franc,   5 pièces.
214.   —   20 francs de Marengo, an 10, OR, 1 pièce.
215.   —   La même,   OR, 2 pièces.
216.   —   5 fr., 2 fr., 1 fr., 15 soldi, 10 soldi, 5 soldi
du royaume d'Italie,   6 pièces.
217.   —   La même série,   6 *id.*
218.   —   2 fr., 1 p. ; 15 soldi, 2 p. ; 5 soldi, 12 p. ;
10 centesimi, 1 p.; soldo, 1 p.; 3 centesimi,
1 p. ; centesimo, 1 p. ; Anvers, 10 cent.,
1814, 1 p. ; 5 cent., *id.*, 1 p., 22 pièces.

Républiques étrangères.

219. Gaule subalpine, 5 francs,   1 pièce.
220. La même.   2 *id.*
221. Ecu de Naples, 30 sols, Gaule cisalpine, 2 *id.*

Famille de Napoléon.

222. *Jérôme Napoléon,* 20 frank, 10 frank, 5 frank, au type
          français,   OR, 3 pièces.
223.   —   20 frank et 5 frank,   *id.* OR, 2 *id.*
224.   —   Ecu ou thaler, X EINE FINE MARK, demi-écu,
               tête à droite ; le même, tête à gauche, 3 p.
225.   —   2 frank, système français ; 1/2 écu westpha-
               lien, tête à droite,   2 pièces.
226. *Louis Napoléon,* ducat d'or, 1809 et 1810, OR, 2 *id.*
227.   —   Ecu de 50 stuivers,   1 *id.*
228. *Joseph Napoléon,* roi d'Espagne, 80 réaux, OR, 1 *id.*
229.   —   4 réaux, 3 p. ; 8 maravédis, 1 p., 4 *id.*
230.   —   roi de Sicile, 1 écu,   1 *id.*
231. *Murat,* grand-duc de Berg, écu XVI FINE MARK, 1806, 1 *id.*
232.   —   Roi des Deux-Siciles, grand-amiral de France ;
               écu de 12 carlins, 1809,   1 pièce.
233.   —   Autre écu de 1810 ; 3 grana, 2 p., 3 *id.*
234.   —   Roi de Naples et des Deux-Siciles, 40 lires,
235.   —   3 lires, 2 lire, 1 lires, 1/2 lire, 4 pièces.
236.   —   La même série,   4 *id.*
237.   —   2 lires, 1 p. ; 1 lire, 1 p. ; demi-lire, 4 p.,
                                              6 pièces.
238. *Elisa Bonaparte et Félix Bacciochi,* 5 franchi, 1805, 1 p.

239.   —   Même pièce, 1805, 1 p. ; 1806, 1 p. ; 1807,
             1 p. ; 1808, 1 p.,   4 pièces.
240.   —   1 franchi, 1806, 1807, 1808,   5 *id.*
241. *Marie-Louise*, 40 lires, 1815,   .   OR, 1 *id.*
242.   —   Même pièce,   OR, 1 *id.*
243.   —   5 lires, 2 lires, 1 lire, 10 soldi, 5 soldi, 1815,
                 5 pièces.
244.   —   Même série,   5 *id.*
245.   —   Même série,   5 pièces.
246.   —   5 fr., 1 p. ; 10 soldi, 1 p.; 5 soldi, 6 p., 8 p.

Première Restauration.

247. *Louis XVIII*, 20 francs, 1814, buste habillé, OR, 1 p.
248.   —   5 francs,   *id.*,   3 pièces.
249.   —   Tête de la pièce de 5 fr. R. S. A. R. MONSIEUR
            COMTE D'ARTOIS VISITE LA MONNAIE DE
            MARSEILLE, LE 4 OCTOBRE 1814,
                 AR., 1 pièce.

Cent-Jours.

250. *Napoléon*, empereur, 2 francs, 1815.   2 pièces.

Seconde Restauration.

251. *Louis XVIII*, 20 fr., buste habillé,   OR, 1 pièce.
252.   —   5 fr., 1815, buste habillé ; 5 fr., 1822,
            col nu, 1 fr.; demi-franc, 1 p.; 1/4 de
            franc, 6 p.,   10 pièces.
253.   —   10 cent., Guyane française, 2 p.; 5 cent.,

2 variétés, 3 p. Essai en cuivre de la pièce de 40 francs, 6 pièces.

254. *Charles X*, 5 fr., 1827, 1830, 2 p.; 1 fr., 1 p.; 1/4 de franc, 7 p.; 10 cent. et 2 cent., essais de cuivre, 13 pièces.

255. *Henri V.* 5 fr., 1 fr., 1/2 fr., 3 *id.*

256. — 1 fr., 2 p., 2 *id.*

257. *Louis-Philippe*, 5 fr., 1830, tête nue avec : LOUIS-PHI-LIPPE, ROI DES FRANÇAIS, 2 pièces.

258. — 5 fr., avec : LOUIS-PHILIPPE Ier, ROI DES FRANÇAIS, 1831, 1 p.; 1 fr., même type, 2 pièces.

259. — 5 fr., tête laurée, coin de Domard, 1848. 1 pièce.

260. — La même pièce, 2 pièces.

261. — VISITE A LA MONNAIE DE ROUEN, 1831, tête de la pièce de 5 francs, AR. 1 pièce.

262. — 2 fr., 1 p.; 1/2 fr., 2 p.; 25 cent., 14 pièces, 17 pièces.

263. — 10 cent., 5 cent., 2 cent., 1 cent., essais de cuivre de 1840, 4 pièces.

264. — 10 cent., 5 cent., 3 cent., 2 cent., 1 cent., 5 pièces.

Ces deux belles séries ont été données par le Gouvernement d'alors à chacun des députés.

République de 1848.

265. 20 francs, 1848, au type du Génie debout, OR, 2 pièces.

266. 5 francs, 1848; 1849, au type de l'Hercule, AR., 3 *id.*

267. 20 fr., avec tête, coin de Merlet, 1849, OR, 1 *id.*

268. 5 fr., 1849, coin d'Oudiné, 3 p.; 20 c., 9 p., 12 *id.*

269. 5 fr., coin d'Allard, fr. en piéfort, avec légende sur la
       tranche (frappé en métal blanc argenté),   1 pièce.
270. 5 fr., *id.*, coin de Farrochon, tête de face, *id.*, 1 *id.*
271. 5 fr.,   *id.*,   tête de profil, *id.*, 1 *id.*
272. 5 fr., coin de Maginadas,   *id.*,   1 *id.*
273. 5 fr.. sans nom de graveur,   *id.*,   1 *id.*
274. 5 fr., *id.*,   *id.*,   *id.*,   1 *id.*
275. 5 fr., coin de Montagny, essais en plomb et en cuivre;
       10 cent., du même,   .   3 pièces.

Présidence de la République.

276. *Louis-Napoléon*, 5 fr., 1852, coin de J.-J. Barre, 1 p. ;
       1 f. du même graveur, 2 p.; 50 cent., 4 p., 7 pièces.

Second Empire.

277. *Napoléon III*, empereur, 10 francs, 1854, tranche lisse,
                                      OR, 2 pièces.
278.   —   10 fr., 1854, tranche cannelée, OR, 2 *id.*
279.   —   5 fr., 1854, tranche lisse,   OR, 4 *id.*
280.   —   5 fr., argent, coin de Bouvet, 1855, 1856,
                                      3 pièces.
281.   —   10 cent., 1852, 2 p. ; 5 cent. 1853, 2 p.;
       1 cent., 1853, 2 p.,   6 pièces.

Républiques étrangères, 1848.

282. 40 Lire, Milan, 1848.   OR, 1 pièce.
283. 5 Lire, *id.*,   *id.*, 2 p., Rome, 3 baioques, 1849,
                                      3 pièces.

Monnaies seigneuriales, etc.

283 *bis*. *Hugues IV*, roi de Chypre, HVGVE REI DE. Le prince, assis de face sur un trône sans dossier, tient de la droite le sceptre, et de la gauche le globe crucigère, R. IERVSAL'M ED' CHIPR', croix de Jérusalem cantonnée de quatre grandes croisettes, gros d'argent.
1 pièce.

284. Bernard *d'Andure*, 3 p. ; *Champagne*, *Reims*, Henri ; Guillaume, *Meaux*; Etienne de La Chapelle, *Provins;* Thibault et Henri, *Sancerre*, 2 p.; *Gien*, Geoffroi, 1 p.; *Laon*, Roger et Philippe II, billon,   12 pièces.

285. *Dombes*, Pierre et Louis, 3 p. ; *Cahors* et *Angoulême*, 5 p.; *Dreux*, Robert, 2 p. ; Blois et Vendôme, 2 p. ; denier et obole, *Nevers*, 2 p. ; évêques de Clermont, 3 p.,   AR. et BILLON, 17 pièces.

286. *Provence*, Alphonse, 3 p. ; Robert, 2 p. ; Louis, 3 p. ; *Toulouse*, Raymond , 3 p., denier et obole ; *Avignon*, 3 p. papales ,   14 pièces.

287. *Souvigny* , 4 p. ; *Lyon* , 1 p. ; *Vienne*, 6 p. ; *Maguelone*, 4 p.,   15 pièces.

288. Bretagne, *Conan IV*, 1 p.; Pierre de Mauclerc, 3 p. ; Jean, 1, 3 et 4 p. ; François, 11 p., BILLON, 23 pièces.

289.   — François, écu au cavalier,   OR , 1 pièce.

290. *Besançon*, évêque, 1 p.; Charles-Quint, 4 p. ; AR. et BILLON, 5 pièces.

291. *Bearn*, Centulle, 1 p.; *Navarre*, Antoine et Jeanne, Henri d'Albret, Jeanne d'Albret, Henri, 2 p., AR. et BILLON, 11 pièces.

292. *Lorraine*, René, Antoine, Charles II, Charles III, &c., AR. et BILLON, 14 pièces.

293. *Lorraine*, Evêques de Metz,   OR, 1 pièce.
294.   —   Evêques de Metz, Epinal, &c., AR. et BILLON,
                                                  18 pièces.
295. *Flandre*, Philippe-le-Beau, lion, florin,   OR, 2 pièces.
295 *bis*. —   Louis de Male, Jean-sans-Peur, Philippe-le-
               Beau, Marie, &c. ; *Hainault*, Marguerite, ca-
               valier, Guillaume, plaque,   AR. et BILLON,
                                                  12 pièces.
296. *Maine*, Herbert II, 34 p.; *Saint-Martin-de-Tours*, 49 p.;
               Foulques d'Anjou, 4 p.;   BILLON, 87 pièces.
296 *bis*. *Alsace*, *Strasbourg*, écu, demi-écu et division, AR.,
                                                  12 pièces.

Monnaies étrangères.

297. *Italie*, Jean Bentivoglio, teston,   OR, 1 pièce.
298.   —   Clément VII, écu d'or ; Charles V, Lucques,
              1/2 écu,   OR, 2 pièces.
299.   —   Louis-le-Moore IV, teston, 1 p.; Galeas, Marie
              Sforce, teston, 2 p. ; 19 pièces diverses,
              argent et cuivre,   22 pièces.
300. *Espagne*, Ferdinand et Isabelle,   OR, 3 pièces.
301.   —   Charles-Quint,   OR, 2 *id.*
302.   —   Philippe II,   OR, 2 *id.*
303.   —   Philippe IV, Isabelle II,   AR. 5 *id.*
304. *Angleterre*, Edouard III, noble et 1/2 noble (pour l'Aqui-
              taine),   OR, 2 pièces.
305.   ·   *Id.* 3 nobles à la rose (pour l'Angleterre),
                                                  OR, 3 pièces.
306.   —   Henri VI, noble et 1/2 noble,   OR, 2 *id.*
307.   —   Ethelred et Eanred,   cuivre, 6 *id.*
308.   —   Guillaume-le-Conquérant, 3 p. ; Henri III,
              5 p.; Edouard III, 4 p.,   AR., 12 pièces.

309.   —   Henri VI, Calais, 4 gros, 2 1/2 gros ; Edouard III, Londres, 4 gros, 2 1/2 gros ; Henri VIII, gros et 1/4 de gros, 4 p., 16 pièces.

310.   —   Elisabeth, 2 p.; Charles Ier, 1/2 écu obsidionnal ; Cromwell, schelling, République, 4 p., 8 pièces.

311.   —   Georges II, Georges III, Guillaume IV, Georges IV, 11 pièces.

312.   —   Victoria, or, 18 p.; cuivre, 2 pièces, 20 pièces.

313. *Suisse*, 29 pièces arg. et billon des divers cantons, 29 pièces.

314. *Prusse*, Thaler et division, 10 *id.*

315. *Russie*, Alexandre, rouble, 1 p. ; *Grèce*, Othon, écu, 2 pièces.

316. *Amérique*, 1 dollar or, et 5 p. arg., 6 *id.*

317. *Belgique*, Léopold, 5 fr., 2 p.; 2 fr., 1 p.; 1/2 fr., 4 p.; 1/4 de fr. 2 p., 9 pièces.

318. *Suède*, Christian V, 2 p. frappées en piéfort, 2 *id.*

319.   —   Christian VII, 1 p.; Charles XIV, écu et division, 13 pièces.

320. *Hollande*, Guillaume, florin, 1 p. ; Trèves, 1 florin, OR, 2 pièces.

321. *Allemagne*, Louis IV, écu au type de Philippe de Valois, OR, 1 pièce.

322. *Autriche*, Ferdinand Ier, pour la Hongrie, florin d'or de 1848 ; François Ier, 20 kreutzer, 2 pièces.

323. *Malte*, Emmanuel Pinto, grand-maître, écu, 1 pièce.

324. *Turquie*, 1 p. d'or, 9 arg. et billon, 10 *id.*

325. *Inde*, Roupie, OR, 1 *id.*

Grandes médailles, jetons , etc.

326. Collection complète des Rois de France, 76 pièces grand module, avec texte explicatif, et toutes les pièces gravées par le procédé Collas,   1 vol. et 76 pièces.

327. *Papes*, Innocent X, Innocent XII, Benoît XIV, Léon XII,   AR., 4 pièces.

328.   —   10 p. en bronze ,   ·   10 *id.*

329.   —   Plombs ou bulles, Eugène IV, Alexandre IV , Jean XXII, Grégoire X,   5 pièces.

330. 2 médailles des évêques des fous, AR. et BIL., 2 pièces.

331. *François II* et *Marie Stuart, Henri III, Marie de Médicis,* frappe moderne,   3 pièces.

332. *Henri IV*, PROPAGO IMPERI, moyen module, cuivre doré,   1 pièce.

333. *Louis XIV*, PATRI EXERC., et c., 1686,   AR., 1 *id.*

334.   —   Médaille du sacre,   AR., 1 *id.*

335.   —   3 médailles de bronze varié,   3 *id.*

336. *Le Régent*, CIVIBUS OPES, et c., 1719,   AR., 1 *id.*

337. *Louis XV*, Médailles d'argent variées,   6 *id.*

338.   —   *id.*,   en bronze, *id.*,   9 *id.*

339. *Louis XVI*, Grande médaille d'argent,   1 *id.*

340.   —   Médailles de bronze, 8 p.; cliché d'étain, 2 pièces,   10 pièces.

341.   —   *Id.*   *id.*,   *id..*   27 *id.*

342. *République*, Conseil des Cinq-Cents,   AR., 1 *id.*

343.   —   Plaques, médailles, boutons, etc., 21 *id.*

344. *Napoléon Ier*, Sacre et mariage, 4 petites pièces, OR, 4 p.

345.   —   Pièces d'argent de divers modules, 13 p.

346.   —   Pièces de bronze,   *id.*,   13 pièces.

347.   —   *Id.*,   *id.*,   20 *id.*

348. *Louis XVIII* et sa famille, pièces d'argent, *id.* 11 pièces.
349.　　— 　　Grandes pièces de bronze, *id.*, 　5 　*id.*
350.　　— 　　　　　*Id.*, 　　　　15 　*id.*
351.　　— 　　　　　*Id.*, 　　　　13 　*id.*
352. *Charles X*, Pièces d'argent de divers modules, 6 　*id.*
353.　　— 　　Pièces de bronze, 　　*id.*, 　12 　*id.*
354.　　— 　　　　*Id.* 　　grand module, 　5 　*id.*
355. *Henri V*, Plaque et 3 petites pièces, 　　　4 　*id.*
356. *Louis-Philippe*, Pièces de députés 1847-48, AR., 2 *id.*
357.　　— 　　CHERBOURG, 1833, 　　AR., 1 　*id.*
358.　　— 　　Famille de Louis-Philipe, leur visite à la Monnaie, coin de Barre (très-belles médailles), 　　　　BR., 1 pièce.
359.　　— 　　Pièces de br. de divers modules, 11 p.

République de 1848.

360. Collection de Plaques, Plombs et Médailles, frappées et coulées de 1848 à 1852, 　　　　500 pièces.

Napoléon III.

360 *b*. Corps législatif, M. VAULTIER ABEL (CALVADOS) 1852, AR. 1 p.
361. Proclamation de l'Empire, session extraordinaire, 1852, même nom, 　　　　AR. 1 pièce.
362. Corps législatif, 1853, même nom, 　　AR. 1 *id.*
363.　　— 　　1854, 　*id.* 　　AR. 1 *id.*
364.　　— 　　1855, 　*id.* 　　AR. 1 *id.*
365.　　— 　　1856, 　*id.* 　　AR. 1 *id.*
366.　　— 　　1857, 　*id.* 　　AR. 1 *id.*
367.　　— 　　1858, 　*id.* 　　AR. 1 *id.*

368. Corps législatif, 1859,   *id.* même nom, AR. 1   *id.*
369.   —   1860,   *id.*   AR. 1   *id.*
370.   —   1861,   *id.*   AR. 1   *id.*
371.   —   1862,   *id.*   AR. 1   *id.*
372. 2 pièces de bronze de Napoléon III,   2   *id.*

Médailles diverses.

373. Médaille avec : CALVADOS, TRAVAUX PUBLICS, COMMISSION.
     CONSULTATIVE, 1850,   AR. 5 pièces.
374. La même pièce,   AR. 5   *id.*
375.   *Id.*   AR. 3   *id.*
376.   *Id.*   AR. 3   *id.*
377. La même pièce en bronze,   6   *id.*
378.   *Id.*   6   *id.*
379.   *Id.*   6   *id.*
380.   *Id.*   6   *id.*
381.   *Id.*   6   *id.*
382.   *Id.*   6   *id.*
383. SOCIÉTÉ D'AGRICULTURE ET DE COMMERCE DE CAEN, 1824,
                                            AR. 2 pièces.
384. La même, argent doré,   2   *id.*
385. La même, cuivre,   2   *id.*
386. Médaille d'argent de l'amiral Nelson ,   1 pièce.
387.   *Id.*   de la Reine Victoria, &c.,   3   *id.*
388. 8 plombs de l'Exposition de 1851, et une boîte renfer-
     mant les portraits de la famille royale,   9 pièces.
389. 15 autres plombs de la même exposition,   15   *id.*
390. Personnages célèbres, français et étrangers, frappés en
     bronze ,   18 pièces.
391. Même pièce,   15   *id.*
392.   *Id.*,   *id.*,   19   *id.*

393. Grandes médailles en plomb et en bronze , 17 *id*.

394.   *Id.*,   *id.*,   12 *id*.

395.   *Id.*,   *id.*,   40 *id*.

396. 2 boîtes contenant des empreintes de pierres gravées et camées en cire rouge et en plâtre , 2 boîtes.

397. Jetons d'argent de Louis XIV, Louis XV, Louis XVI, &c., 23 pièces.

398. Jetons d'argent de diverses académies , &c., 21 *id*.

399. Jetons de cuivre de Louis XIII, Louis XIV, Louis XV, Louis XVI, Napoléon, &c., &c. (presque tous de frappe moderne), 190 pièces.

400. Même lot , . 184 *id*.

401. Médailles romaines fausses des Padouan , &c. , &c. , BR., 78 pièces.

402. Médailles romaines de tous les modules, BR., 192 *id*.

403. Même lot, BR., 192 *id*.

404. Monnaies étrangères en cuivre , 560 *id*.

405. Même lot , 560 *id*.

406. Clichés en étain, procédé de M. G. Lecavelier, dorés , argentés, &c., 675 pièces.

407. Monnaies d'argent et de billon, quantité de frustes, 260 pièces.

408. Même lot , 256 *id*.

409. Même lot , 178 *id*.

410. Même lot , 140 *id*.

411. 4 louis de Louis XIII , pièce fondue moderne , OR, 1 pièce.

412. Lot de monnaies grecques et françaises, fausses argent et billon, et un sceau fruste.

Papier-monnaie.

413. *Système de Law*, 100 livres tournois, 50 livres, 10 livres, 3 pièces.
414. — 10 livres, 2 *id.*
415. 5 livres l'an 2, 14 signatures, 50 livres l'an 1, 100 fr.,
l'an 3, 125 livres, l'an 2, 400 livres l'an 1, 500 livres l'an 2, 1,000 fr. l'an 3, 2,000 fr. l'an 3, 10,000
fr. l'an 3, 21 pièces.
416. Domaines nationaux. 10 sous an 1er de la République,
3 variétés; 15 sols, an 1 et an 2, 2 p.; 25 sols, an 1,
1 p.; 50 sols, an 2, 1 p.; 5 livres Corset, 6 variétés, 1791-1792; 10 livres, 1791-1792, 2 p.; 25
livres, an 1, an 2 et an 3, 3 p.; 50 livres en 1791 et
1792, 2 p.; 60 livres, 1790; 100 livres, 1791; 200
livres, 1791; 300 livres, 1791; 500 livres, 1790,
25 pièces.
417. Même série, 10 sous, 15 sous, 25 sous, 5 livres Corset,
4 variétés; 10 livres, 25 livres, 200 livres, 300 livres, 500 livres, 12 pièces.
418. *Id.*, 200 livres, 9 p.; 300 livres, 12 p.; 500 livres, 24
pièces, 45 pièces.
419. Assignats divers, dont 12 cinq livres de Corset, 37 p.
420. Mandats territoriaux, an 4, 5 fr., très-rare; 25 fr.,
100 fr., 3 pièces.
421. Emprunt forcé, l'an 4. Bon de 40 fr., mandat de 154
fr. 75 de l'an 5; 250 fr., mandat territorial de
l'an 10; 500 fr. également de l'an 10, 4 pièces.

Assignats des communes.

422. *Champs*, 10 sous; *Chambon*, 10 sous; *Lanorbe*, 20 sous;
Massiac, 15 sous; *Thiers*, 5 sous, 5 pièces.

423. *Siége de Lyon*, 25 sous, 50 sous, 5 livres, 20 livres ; *Caisse patriotique*, 10 sous, 20 sous.

424. *Autun*, 2 sols ; *Bagnols*, 5 sous ; *Châlons-sur-Saône*, 10 sous ; *Dijon*, 20 sous ; *Besançon*, 5 sous ; *Nuits*, 20 sous ; *Pont-de-Vegle*, 5 sous ; *Tournus*, 5 sous ; *Villefranche*, 25 sous,   9 pièces.

425. *Troyes*, 10 sous ; *Sens*, 10 sous ; *Reims*, 10 sols ; *Sezanne*, 10 sous,   4 pièces.

426. *Grenoble*, 5 sous ; *Montbrison*, 20 sols ; *Gar*, 10 sols, 3 p.

427. *Douay*, 5 sous ; *Lille*, 5 sous ; Valenciennes, 5 sols, 2 p.; 9 sols, 1 p.; 10 sous, 2 p.,   7 pièces.

428. *Villers-Coterets*, 10 sous ; *Exmes*, 25 sols ; Fontaine-bleau, 5 sols. Bons de 5, 6, 7, 8, 9, 10 et 15 sols de la Compagnie de la rue des Bons-Enfants, n° 24 (ces 7 bons sur vélin); 10 sols, 20 sols, 30 sols, 40 sols de la maison de Servure, rue des Filles Saint-Thomas ; billet de 10 sols du *Cercle patriotique*,   15 pièces.

429. *Département du Tarn, Caisse patriotique*, 5 s. ; Ardèche, *Sellier-de-Luc*, 10 sous, 20 sous ; *Baunes*, 30 sous ; *Carcassonne*, 5 sous ; *Cros*, 20 sous, pap. blanc et pap. bleu, 2 p. ; *Montauban*, 5 sous ; *Montpellier*, 20 sous ; *Pezenas*, 2 sous 1/2; Sommières, 10 sous, 5 sous,   12 pièces.

430. *Commune de Caen*, 10 sols, 2 variétés; 15 sols, 20 sols,   4 pièces.

431. *Bayeux*, 4 sols ; *Condé*, 5 sous ; *Isigny*, 10 sols, 20 sols, 50 sols ; *Saint-Cornier*, 5 sols ; *Doudeville*, 10 sols,   7 pièces.

432. *Bolbec*, 2 sous ; *Bernay*, 20 sols ; *Elbeuf*, 20 sols ; *Lisieux*, 20 sols ; *Louviers*, 5 sols,   5 pièces.

433. *Rouen*, 3 livres, 6 livres ; *Banque de Rouen*, en 1807, 100 fr. et 500 fr. ,   4 pièces.

434. *Id.*, 3 livres; 100 fr., 3 p.; 500 fr., 3 p.,   7 *id.*
435. *Département de l'Orne, à la Cochère,* 2 sols; *Guerque-
     sale,* 6 sols, 8 sols; *Laigle,* 5 sols; *Medavy,* 1 sou;
     Mortagne, 5 sols; *le Mussoire,* 3 livres; *Say,* 10 sols.
436. *Blesne,* 20 sous; *Roanne,* 5 sous; *Chartres,* 20 sous;
     Saint-Maixent, 10 sols, 20 sols; Loudun, 15 sous,
                                                    6 pièces.
437. *Abbeville,* 15 sous; *Houdan,* 3 sols; *Meru,* 15 sols;
     Montreuil-sur-Mer, 5 sous; *Beauvais,* 5 sols, 5 pièces.
438. *Angers,* 10 sols; *Château-du-Loir,* 5 sols; *la Ferté-B.,*
     5 sols; *Laval,* 10 sous; *id.,* 3 livres; *armée catho-
     lique,* 25 livres, 50 livres, buste de Louis XVII, faux;
     département de la Charente, 15 sols,   8 pièces.
439. *Sainte-Bonne-le-Château,* 2 sous; Châtillon, 20 sous;
     Saint-Martin-de-Vallamus, 5 sols; *Montfort-le-Rotrou,*
     6 liards, 3 sols, 4 sols, 20 sols; *Pont-Saint-Clair,*
     bon de passage; *Iles de France et de Bourbon,* 6 livres,
     12 livres, 20 livres,   11 pièces.

Nous avons divisé en petits lots cette série d'assignats, afin
que MM. les amateurs puissent acquérir seulement ceux qui
ont trait à leurs localités. Nous nous chargerons volontiers des
commissions, ainsi que pour toutes les pièces des Catalogues.

C. ROLLIN et FEUARDENT,
12, rue Vivienne, Paris.

Le Commissaire-Priseur,
MAINFROY.

CAEN, IMP. DOMIN, SUCC. DE DELOS, COUR DE LA MONNAIE.